涣
路
贺
龄
继
勃
翰
昂
甫
白
维
骑鹤学唐诗
经典诗篇②

骑鹤学唐诗

唐潮诗仁 编绘

经典诗篇②

廣東旅游出版社
说读书·说旅行·说享人生
中国·广州

图书在版编目（CIP）数据

骑鹤学唐诗. 经典诗篇. 2 / 唐潮诗仁编绘. — 广州 : 广东旅游出版社, 2023.6
ISBN 978-7-5570-2974-6

Ⅰ. ①骑… Ⅱ. ①唐… Ⅲ. ①唐诗－诗歌欣赏－儿童读物 Ⅳ. ①I207.22-49

中国国家版本馆CIP数据核字(2023)第040465号

出 版 人：刘志松
策划编辑：彭　超　方银萍　江丹燕
责任编辑：方银萍　江丹燕
责任技编：冼志良
责任校对：李瑞苑

创作团队：唐潮诗仁
策　　划：刘德琳　樊国方　杜丽洁
编　　剧：大　鹿　方世元　翟娟阳
艺术设计：徐若昭　赵　振　杨玉珍
编　　绘：猫又又困了　唧　车　桐
文化设计：俞秀玲　管娟娟　杨丹杰
教育顾问：张艳芳　席江峰　翟晓平

骑鹤学唐诗 . 经典诗篇 . 2
QI HE XUE TANGSHI. JINGDIAN SHIPIAN. 2

广东旅游出版社出版发行
（广州市荔湾区沙面北街 71 号首层、二层）
邮编：510130
邮购电话：020-87348243
印刷：广州市岭美文化科技有限公司
（广州市荔湾区花地大道南海南工商贸易区 A 幢）
开本：787 毫米 ×1092 毫米 16 开
字数：185 千字
印张：19.5
版次：2023 年 6 月第 1 版
印次：2023 年 6 月第 1 次印刷
定价：59.50 元

开篇小引

孩子们，愿你们眼中有光，腹中有诗，骑鹤去远方。

盛世大唐，堪称代表中华文明走向天花板的朝代，这不仅仅体现在物质成就上，当时，万国来朝（“四门启兮万国来”），一个小小的城镇就有万户人家（“小邑犹藏万家室”）；也体现在精神文化上，唐诗就是精神文化皇冠上那颗最璀璨的明珠。

孩子们，学唐诗就能走进盛世唐朝，和唐朝那些有趣的人与有趣的灵魂对话，更重要的是，能懂得中华文明之“美”，抵达“美”的深处，成为“美”的人。

“美”的深处是什么？那就是一种自由，是一种脱离地心引力、告别人世间羁绊的自由，是一种鹤舞九天、龙腾四海的自由。

鹤是诗人们的好朋友。鹤体姿健美，形态优雅，历史上很多诗人都对鹤青睐有加。《诗经》的《鹤鸣》这样写道：“鹤鸣于九皋，声闻于天。”诗中以鹤喻君子，昭示君子的美好品德。才高八斗的曹植写过名噪天下的《白马篇》，还写下《白鹤赋》，其中他以白鹤自喻，象征自己纯正的品德以及表达渴望自由的愿望。在大唐，很多诗人对鹤钟爱尤甚。白居易晚年厌倦了官场的钩心斗角、尔虞我诈，开始他诗书相伴、琴鹤为友的优游生活。好友刘禹锡知道他爱鹤，特意托人从苏州给他送来一只华亭鹤，他万分感激，赋诗谢道：“殷勤远来意，一只重千金。”

“晴空一鹤排云上，便引诗情到碧霄。”现在，孩子们，让我们骑上鹤，翱翔天际，与白云为伴，去抵达唐诗所创造的世界，领会唐诗所赋予的意境，去理解诗歌并热爱诗歌。

这便是我们创作“骑鹤学唐诗”的缘由。我们希望用孩子们能听得懂的语言讲故事，画漫画，让知识更有趣，让故事更富有想象力。

但愿我们能做到，但愿你们喜欢。孩子们，骑鹤的你们是自由的，挥舞着诗歌的翅膀，你们的前程是月亮之上。

我们是“唐潮诗仁”。我们热衷唐朝的“潮流”，认为诗歌中有“仁爱”。

唐潮诗仁

王绩——《野望》 001
虞世南——《蝉》 015
王湾——《次北固山下》 027
李白——《清平调》 037
李白——《行路难》 050
李白——《将进酒》 062
高适——《别董大二首》 075
高适——《塞上听吹笛》 088
崔颢——《黄鹤楼》 097
杜甫——《望岳》 111
杜甫——《春望》 122
杜甫——《蜀相》 132
刘方平——《月夜》 143
王维——《和贾舍人早朝大明宫之作》 155

孟郊——《登科后》 167
178 孟郊——《游子吟》
韩愈——《春雪》 189
200 韩愈——《左迁至蓝关示侄孙湘》
韩愈——《早春呈水部张十八员外》 210
221 白居易——《赋得古原草送别》
白居易——《观刈麦》 232
242 白居易——《暮江吟》
崔护——《题都城南庄》 253
263 杜牧——《山行》
李商隐——《无题》 273
284 李商隐——《夜雨寄北》
李商隐——《锦瑟》 294

王绩

姓　　名：王　绩（斗酒学士）

籍　　贯：绛州龙门（今山西河津）

生 卒 年：约 589 年—644 年

性格特征：个性简傲，嗜酒

特　　长：能饮五斗酒、弹琴、五言律诗

职　　位：秘书省正字（隋）、待诏门下省、太乐丞

名　　句：相顾无相识，长歌怀采薇。

神 评 价：野鹿掉进了鸢凤堆，新鲜。

（清代翁方纲：“以真率疏浅之格，入初唐诸家中，如鸢凤群飞，忽逢野鹿，正是不可多得也。”）

野望

王绩

东皋薄暮望，徙(xǐ)倚欲何依。

树树皆秋色，山山唯落晖。

牧人驱犊(dú)返，猎马带禽归。

相顾无相识，长歌怀采薇。

朝代交替之时，总能涌现点点星火。

五言律诗：全篇共八句，每句五个字，有仄起、平起两种基本形式，中间两联须作对仗。杜甫的《春望》是五言律诗的代表作之一。

扭转了初唐诗风，也是五言律诗奠基者的王绩，
则是引燃大唐文坛烛火的第一抹光亮。

作为"神仙童子"的他在隋朝末年横空出世!
在座公卿和当时的权臣杨素都对他的好学和博学啧啧称赞。

按当时的趋势来看，王绩的仕途必然是一帆风顺。
他自己对此也胸有成竹。

隋末唐初：隋朝末年由于隋炀帝多次发动战争劳民伤财，各地起义，形成政权割据的局面，最终被唐击败，形成统一。

然而人生不总是一帆风顺的，意外先一步到来了——
战争之火一触即发，王绩心目中的家被人端了。

不光端了，还要强制性地安上一个新家。
不光安上一个新家，还要让他认端了他家的人做家长。

玉玺：专指皇帝的玉印，是至高权力的象征。始出于周，到了秦朝才有玺和印之分，皇帝用的印叫玺，而臣民所用只能称为印。

作为旧朝大臣，王绩还不能有怨言。
一身郁闷无处发泄的王绩，爱上了喝酒，常常借酒消愁。

唐高祖让他来帮忙做点事，他虽然嘴上答应了，
但一没人看管就去找朋友喝酒。

他本想着只要躺得够平，很快就会被辞退回乡。可干了几年了，酒也管够，工资也管够，完全一副放任他的样子。

他一想这也不是个办法，于是便称病辞官，隐居乡下。还没等享受归乡的生活，唐高祖便又来找他回去继续干活。

太乐丞：太常寺下太乐署官职，主要负责礼乐方面的事宜。

王绩灵机一动，为自己寻了一个品级很低的官职——太乐丞，刚好也可以满足他对美酒的爱好。

这期间王绩把“酒”这一门学问钻研得透彻，还为此撰了几本书。
还没等王绩快活几年，太乐署史便不在人世了。

借着年事已高和好友不在人世的理由，
这次王绩终于可以安心告老还乡了。

其实王绩这样做，是因为他还有一桩心愿一直未完成，
就是替他逝去的家撰写一本“史记”。

不过这些年他的身体越来越差了，手上
那本《隋书》离完成却还很远。

一日，他写到身心俱疲，便决定出门放松一下。
正好是黄昏时刻，眼前秋光镀层林，余晖映山峦。

牧人驱着牛群返回那片安心之地，
猎人提着猎物兴致高昂地与他擦肩。

眼前的一切都让他感到陌生，回想起当年，不禁悲从心起。

不食周粟：『武王已平殷乱，天下宗周，而伯夷、叔齐耻之，义不食周粟；隐于首阳山，采薇而食之。』讲的是伯夷和叔齐为了坚持自己的立场，宁愿饿死也不吃周朝的粮食，最后饿死在首阳山上。

他只能站在东皋的山坡上，以长歌来怀念“不食周粟，采薇而食”的伯夷和叔齐。

借着长歌，王绩将心里的郁气一吐而出，心情也好了许多。

纵已年老，王绩也并没有沉湎于失去的悲伤。
前路还很长，昂起头，继续走。

骑鹤学唐诗

◆【中国历史上著名的隐士有哪些】商末的伯夷、叔齐，春秋时期的颜回、介子推，魏晋时期的嵇康、陶渊明和东汉末年的司马徽，以及唐代的王维。

◆【王家才子】太原王氏是隋唐时期的名门望族，属于“五姓七望”之一。王绩的哥哥王通（文中子）被《三字经》列为“五子”之一，侄孙王勃六岁能文，被赞为“神童”。

◆【中国古代退休制度】关于古代退休制度的起源，学术界普遍认为应该是殷商时期，不过有明确记载的是在周朝。“退休”一词的正式由来，最早应该见于唐代韩愈的《复志赋》，其中开篇就提到“退休于居”，而这也是“退休”一词最早的来源。

虞世南

姓　　名：虞世南（虞秘监）

籍　　贯：越州余姚鸣鹤（今属浙江慈溪）

生 卒 年：558年—638年

性格特征：生性沉静，执着好学

特　　长：通晓古代文献、诗赋、书法

职　　位：银青光禄大夫、弘文馆学士

名　　句：三分开霸业，万里宅神州。

神 评 价：让天可汗都赞不绝口的诗人。

（李世民：“群臣皆若世南，天下何忧不理！世南一人，有出世之才，遂兼五绝。一曰忠谠，二曰友悌，三曰博文，四曰词藻，五曰书翰。”）

蝉

虞世南

垂𫄸(ruí)饮清露，流响出疏桐。
居高声自远，非是藉(jiè)秋风。

南北朝：南朝和北朝的统称，南北朝时期中国南方和北方处于分裂状态，止于589年隋灭陈。

要说“渺小的伟大”，虞世南一定当之无愧——
他的一生，便横跨了三个朝代的粉碎和重组。

会稽虞氏：六朝承汉启唐时期江东世家大族，历六朝而不衰，会稽四姓之一。

家族荣耀

他是在南北朝的兵荒马乱中刻苦学习，
父亲死后担起家族荣耀的虞世南。

也是在隋朝当官，哪怕惹得龙颜大怒，
也从不惧怕直言进谏的虞世南。

唐太宗：唐高祖李渊次子李世民，开国四方征战，战功显赫。

更是人遇知己不嫌老，在唐朝找到一生知己的虞世南。
而他的知己，便是唐太宗李世民。

六十四岁在唐为官的虞世南身体依然非常硬朗，
这也得益于他每天早朝后都会做操。

那天秋风阵阵，虞世南正在舒展肢体，
却发现身后有一只蝉在偷偷模仿他。

这只蝉的动作竟比他还要标准，
气不过的虞世南便想抓住这只嚣张的蝉。

虞世南追着蝉左奔右跑，上蹿下跳，累得气喘吁吁。

蝉却自在轻松，一路跑一路高歌，跃到了一棵树上，
这下虞世南也拿它没有办法了。

然而此时的虞世南却发现，蝉爬得越高，声音便越发响亮。

想到蝉都在努力学习，一直往上，
自己却跟它置气，虞世南不禁有些羞愧。

蝉佩饰：蝉在古人的心目中地位很高，向来被视为纯洁、清高的象征，把蝉佩于身上则表示高洁。

回家后，虞世南亲手雕刻了一只蝉，时时随身佩戴，提醒自己要向它学习。

也正是这样立身高洁的虞世南，才能深得李世民的信赖。

八十一岁高龄的虞世南去世后，被追封为
“凌烟阁二十四功臣”之一。

也许在梦中，唐太宗也会看到虞世南手握着蝉向自己递过来……

◆【君臣相梦】虞世南逝世几年后，唐太宗李世民曾在夜里多次梦见虞世南。太宗为追怀他留下的美德，寄托思旧之情，于是在虞世南家设五百僧斋，并为他造天尊像一座。

◆【唐代弘文馆】唐朝建国初期，李世民在长安宫城之西设置弘文馆，招集天下人才，号称“十八学士”，包括虞世南、杜如晦、房玄龄、孔颖达等名流。

◆【会稽四姓和吴郡四姓】即六朝会稽的四大士族“虞、魏、孔、谢”。与吴郡四姓“顾、陆、朱、张”并为江南顶级世家大族，历六朝而传承不绝。

王湾

姓　　名：王　湾

籍　　贯：洛阳（今属河南）

生 卒 年：不详

性格特征：内敛、以书为友

特　　长：作诗

职　　位：荥阳县主簿、洛阳尉

名　　句：海日生残夜，江春入旧年。

神 评 价：让宰相增加了一件收藏品。

（“海日生残夜，江春入旧年”两句，得到当时的宰相张说的极度赞赏，他甚至亲自书写诗句并悬挂于宰相政事堂上，让文人学士作为学习的典范。）

次北固山下

王湾

客路青山外，行舟绿水前。
潮平两岸阔，风正一帆悬。
海日生残夜，江春入旧年。
乡书何处达？归雁洛阳边。

洛阳

盛唐不乏惊才绝艳、灿若繁星的才子，
而王湾则是埋藏在这些才子之下，大唐兢兢业业的打工人。

小时候的王湾就展现出了与众不同的特质。
别的小朋友贪玩时，都要家人三催四请才肯回家。

王湾却有着很强的自律性和时间观念，
拖延症在王湾这儿是不存在的。

主簿：掌管文书的佐吏。隋、唐以后，主簿是部分官署与地方政府的事务官，重要性减少。

也因此，王湾年纪轻轻就考中进士，被分配到荥阳县担任主簿，就在他洛阳的家附近，日子过得十分惬意。

王湾工作从不“摸鱼”，自身也博闻多识，上司下达的任务完成得又快又好。

昭文馆：主管校正图书册，教书育人，朝廷大小制度的商定也可在昭文馆进行。

五年后，王湾经人推荐，来到昭文馆校正书籍。每天和同伴们一起工作，一起喝茶谈论古今，时光飞逝。

王湾和同伴们出色地完成了《群书四部录》二百卷。
看着自己的劳动成果，王湾生出一种成就感。

本就爱看书的王湾在这个地方找到了属于自己的小天地。
《群书四部录》成书后，王湾因功授任洛阳尉，再一次回到家乡。

此次回到家乡，交际往来的人变多了，
却少了当初的惬意之感，王湾便经常南下游历。

造船术：唐朝时期，造船术的发展达到了一个高峰，为海上丝绸之路的发展奠定了基础。

客船一路摇晃，听着船夫嘴里哼的小调儿，王湾也有种羁旅之感。
舱内有些闷热，他便走出了船舱。

在船上展开双臂，感受风在耳边穿行的声音，
近来郁郁不畅的心情，被风吹散了几分。

海上夜色还没有完全消散，红日腾升而起，
驱散残夜的黑暗。

王湾感叹，日升月落，冬去春来，
时间的流逝不知不觉，而自己却蹉跎已久。

王湾坐进船内，望着天边大雁飞过，
这时候应该写一封家书，让它捎去洛阳……

此行后没多久，三十六岁的王湾，默默地做完手头的工作，
从官场抽身而去，不知去往何方……

- 【拔河比赛】唐朝除了流行马球，还热衷拔河比赛。《新唐书》中记载唐中宗李显就常常组织拔河比赛，而且宰相驸马都需要参加，场面非常壮观。

- 【鸿雁传书】西汉时，苏武出使匈奴，被流放到北海一带牧羊，直到汉昭帝时期，才想出以大雁绑帛书送信的办法，苏武由此得以脱困。之后鸿雁便泛指“书信”“邮递员”。

- 【北固山刘备招亲的故事】北固山位于江苏镇江，由于北临长江，形势险固，故名北固。《三国演义》里周瑜企图用美人计扣留刘备，诸葛亮将计就计派大将赵云陪刘备过江到北固山甘露寺招亲，并策动乔国老说服吴国太将女儿孙尚香嫁给刘备，让东吴“赔了夫人又折兵”。

李白

姓　　名：李　白（字太白，号青莲居士）

籍　　贯：陇西成纪（今甘肃静宁西南）

生 卒 年：701 年—762 年

性格特征：高度傲慢，热情豪放，天真浪漫

特　　长：剑术、喝酒、交朋友

职　　位：翰林供奉

名　　句：我辈岂是蓬蒿人；天生我材必有用。

神 评 价：太白一抬笔，瞬间狂风暴雨，连鬼神都哭了。

（杜甫：“笔落惊风雨，诗成泣鬼神。”）

清平调

李白

云想衣裳花想容，春风拂槛(jiàn)露华浓。
若非群玉山头见，会向瑶台月下逢。

余光中：当代著名作家、诗人、学者、翻译家。代表作有《乡愁》等。

对于李白，余光中是这么描述的：“酒入豪肠，七分酿成了月光。余下的三分啸成剑气，绣口一吐就是半个盛唐。”

在好友杜甫眼里，就更加生动：“天子呼来不上船，自称臣是酒中仙。”

李白就像是一个浪子和侠客的结合，在任何一个时代都是“另类”，关于李白的来历和去向都如同迷雾一般。

大部分我们耳熟能详的诗人都会有族谱之说，
李白却一直对他的家族讳莫如深，还有人猜测李白是唐高祖的五世孙。

23岁，李白开始出门游历，在游历的过程中，他不光作下数个名篇，
还经常救济一些寒门学子，也因为这些，李白少年出世便有名。

而更让他有名的，则是他的一位忘年交——贺知章。
一首《蜀道难》，彻底征服了这位年过古稀的老人。

李白身上的少年气不自觉地点燃着身边人。贺知章看到李白的诗，拉着李白去喝酒，到了酒楼发现没带钱，便解下自己的金龟要拿去换酒。

有了贺知章的加持，李白“谪仙人”的名号瞬间火遍了大江南北，
连皇帝的妹妹玉真公主都想求见一面。

这两人知道李白有求仕之心，便向皇帝举荐。
这也正合了李白的心意，因为家世神秘，李白无法走科举这条路入仕。

在两人的举荐下，李白很快就收到了朝廷的诏书，欣喜若狂的李白提笔就写下“仰天大笑出门去，我辈岂是蓬蒿人”这样狂傲的诗句。

翰林供奉：皇帝的文学侍从，没有任何实权。

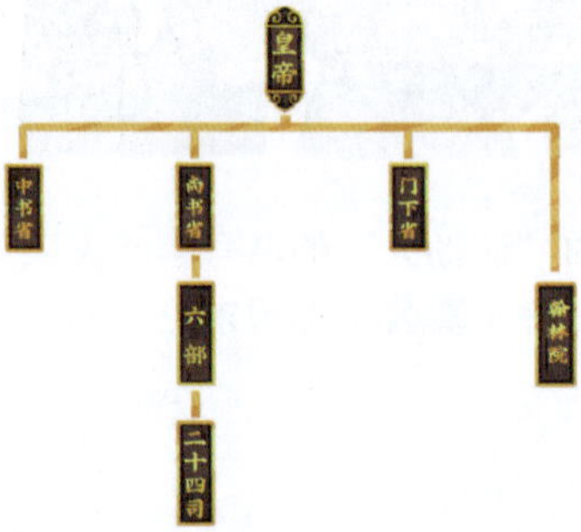

进入长安城后，李白虽然只是任职翰林供奉，但皇帝给他的排场着实不小。

唐玄宗：李隆基，唐高宗李治与武则天之孙，唐睿宗李旦第三子，故又称李三郎，唐朝在位时间最长的皇帝。

进宫当天，唐玄宗轿子都不坐了，走路过来迎接。到了之后，还让李白坐在七宝床上，亲手给他调羹。

这种待遇，一般人可能会受得诚惶诚恐，李白心里却估计在想：凭我的才情，这还是受得住的。

唐玄宗最为宠爱的人莫过于杨贵妃了。一日皇帝看到贵妃，觉得最美的人一定要配最好的诗，便召李白来花园给贵妃作诗。

之前李白便听说过很多关于杨贵妃的传说，但这还是他第一次见到真容，眼前的花容月貌让他不知该作何反应。

豪饮下几壶酒，朦胧间他知道该怎么写了。
在他眼里，世间能形容出来的最美的东西，
对于眼前人来说都只能作陪衬。

因为醉意而有些迷离的双眼眯了眯，
那不如就以青云为衣，娇花为颜，春风拂面，露珠为饰。

本以为仙女都是要在西王母瑶台的月光下才能见到的，
可没想到今日在这群玉山头就能得以一见。

据说杨贵妃精通音律、能歌善舞。
李白是一个心高气傲的人，如果贵妃只是一个容貌好看的人，
想必李白也不一定会应邀去作诗。

腹有诗书气自华，充实自己的内在，美一定会从外在显现出来。

◆【兴庆宫的来历】兴庆宫是唐玄宗做藩王时期的府邸，唐玄宗登基后大规模扩建，成为长安城三大内（太极宫、大明宫、兴庆宫）之一，称为“南内”。它是唐玄宗开元、天宝时期的政治中心所在地。《清平调》就在此写下。

◆【唐朝严格的食品安全法】唐朝法规里，一个零容忍的罪行，就是贩卖腐烂变质的食物。以《唐律》的规定，商家的食物哪怕是质量合格的，只要过了保质期却依然在贩卖，不管有没有造成严重后果，都要重罚。

◆【霓裳羽衣曲】唐玄宗引《霓裳羽衣曲》为得意的作品，开始仅在宫廷表演，开元二十八年（740年），杨玉环在华清池初次觐见时，玄宗曾演奏《霓裳羽衣曲》以导引。

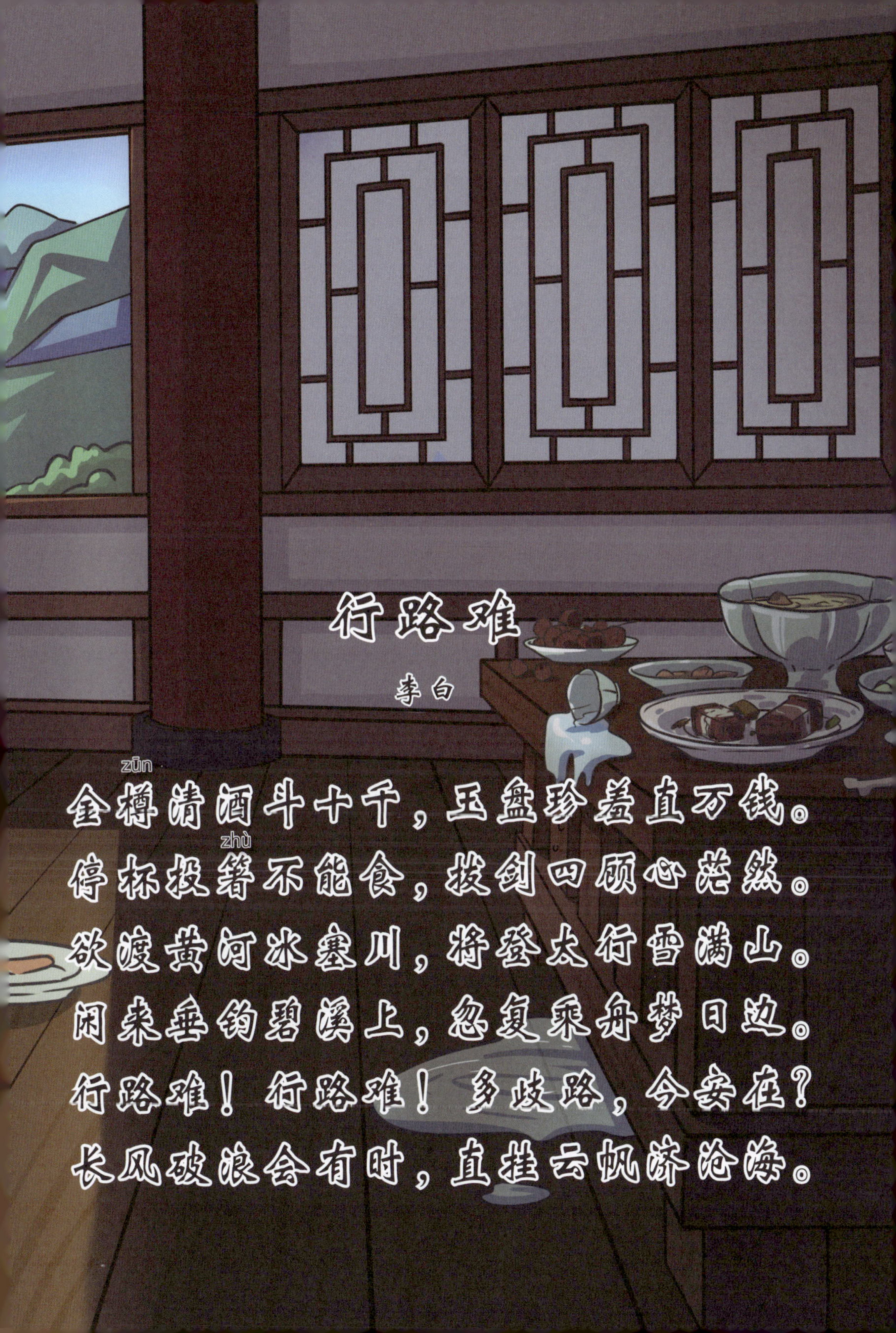

行路难

李白

金樽（zūn）清酒斗十千，玉盘珍羞直万钱。
停杯投箸（zhù）不能食，拔剑四顾心茫然。
欲渡黄河冰塞川，将登太行雪满山。
闲来垂钓碧溪上，忽复乘舟梦日边。
行路难！行路难！多歧路，今安在？
长风破浪会有时，直挂云帆济沧海。

上元佳节，灯火如昼。摩肩接踵，人声鼎沸。
李白幸而生逢开元盛世，前半生的路称得上是一片坦途。

天朝上国给李白的底气，加上唐玄宗的放任，
李白在朝中行事也愈发不恭。

一日，李白正在翰林院喝得开心，唐玄宗却突然召他去作诗。
眼看此人已经烂醉如泥，便让手下用凉水将他泼醒。

这下李白倒是醒了过来，神志却还在飘忽，
张口就要让皇帝身边最亲近的“秘书”高力士帮他把靴子脱下来。

高力士虽没有很高的职位，但他是离皇上最近的人，
甚至言语间便能左右皇帝的选择（一语定储君）。

高力士最终还是听从皇上的指派，帮李白脱靴，
这事在当时影响并不是很大。

但经过一段时间的发酵，朝中关于李白目中无人的声音
越来越多，皇帝召见李白的次数也渐渐少了。

没过多久，李白写下一封辞官信，交到了皇帝手上。
可能会有人觉得李白是因为同僚的诋毁和皇帝的冷落选择辞官的。

然而以李白的性格，诋毁这种手段使他心灰意冷
甚至辞官的可能性实在是微乎其微。

李白在翰林院干了两年后发现，皇帝只是单纯欣赏他的诗，
并没有让他当宰辅之臣的想法。
一腔抱负无法实现，李白便借辞官信向皇帝表达自己想升迁的愿望。

然而李白狂浪的性格已经令皇帝头疼不已，再加上朝臣多方谏言，
皇帝便没有理会信中的意思，而是赐予李白黄金，让他尽快返乡。

李白被赐金还乡，看似体面又风光，
长安城的好友得知消息，也重金设下宴会送别。

李白觉得自己像一只困兽，想渡黄河，黄河被冰封，
想登顶太行山，却又遇大雪。

朋友们也看得出李白在为前路的迷茫而忧虑，
纷纷前来劝慰，试图排解李白内心的不忿。

也许是好友们的劝慰起了作用，也许是李白从不会沉湎于悲伤，
他端起酒杯，将满腔郁闷化作一杯杯美酒饮下。

姜太公晚年垂钓遇见了周文王后才华得以施展，
伊尹梦见乘船过日月，才受到商汤重用。
不就是这条路难了一些吗？不就是那条正确的路来得晚了一些吗？

乘风破浪的机会终会到来，那时候我会将云帆高高挂起，继续向前。

第二天，李白想起刚来长安时自己的少年气和那个金龟换酒的老朋友贺知章。告别了长安城来到贺知章的老家，才得知老朋友已经与世长辞……

即使远离了朋友和亲人的保护，也要如大鹏一样，迎风而起，扶摇直上九万里。

◆【唐代的马桶】马桶在唐代以前就出现了，叫作虎子。到了唐朝之后，为了避讳唐高祖李渊的爷爷——唐太祖李虎的名字，虎子就改叫马子。再到了后来，这物件最终改叫马桶。

◆【大蒜】唐朝人吃菜离不开蒜，吃鱼要拌蒜，吃肉也要有蒜。他们把蒜加工成蒜齑或蒜酱，吃肉的时候蘸着吃，《全唐诗》里就有“蒸豚搵蒜酱，炙鸭点椒盐”的说法。

◆【唐朝宵禁制度】衙门昼刻沙漏尽，就擂响六百下“闭门鼓”，宵禁开始，负责监察的执金吾开始巡逻，直到早上五更三点后，擂响四百下“开门鼓”，宵禁结束。

将(qiāng)进酒

李白

君不见黄河之水天上来，奔流到海不复回。
君不见高堂明镜悲白发，朝如青丝暮成雪。
人生得意须尽欢，莫使金樽空对月。
天生我材必有用，千金散尽还复来。
烹羊宰牛且为乐，会须一饮三百杯。
岑夫子，丹丘生，将进酒，杯莫停。
与君歌一曲，请君为我倾耳听。
钟鼓馔(zhuàn)玉不足贵，但愿长醉不愿醒。
古来圣贤皆寂寞，惟有饮者留其名。
陈王昔时宴平乐，斗酒十千恣(zì)欢谑(xuè)。
主人何为言少钱，径须沽(gū)取对君酌(zhuó)。
五花马，千金裘(qiú)，呼儿将出换美酒，
与尔同销万古愁。

“行路难！行路难！多歧路，今安在？”当初那个声势浩大，连皇上都请他到船上见面的少年，在写下《行路难》后便远离了长安。

早年游历的李白，跟友人喝酒挥霍，救济寒门学子，恣意至极。赐金还乡后，李白已是中年，胸中的抱负难以施展，便决定云游八方。

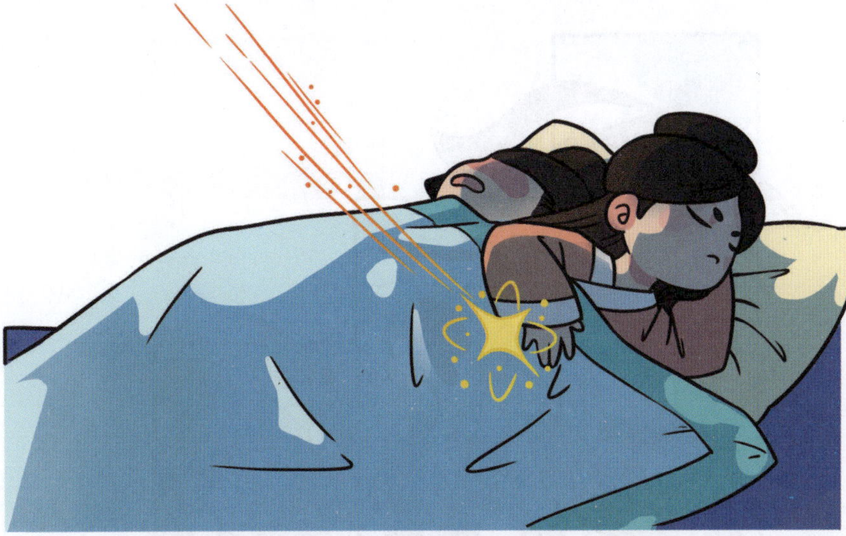

李白一生都与道门有缘，传说李白母亲在生他的时候梦见太白金星入怀，这才有“太白”这一字的得来。

李白后来认识了不少道门中人，跟他们交流也学到了很多东西，这也是李白诗风由来之一。

李白有两个十分合得来的好友，
一个是被李白誉为“不死仙人”的隐士元丹丘，
另一个是相门之后岑勋。

修道的隐士、官二代小公子和李白这个三人组合，怎么看都有些不协调的意味。但这三人关系却非常好，隔三岔五就要相约一起去元丹丘隐居之地诗酒论道。

嵩山正好可以眺望黄河，山顶云雾缭绕犹如仙境。一日，李白又一次接到了元丹丘的邀请，便骑上自己的高头马，叫上岑勋一起朝着嵩山赶去。

途中路过了老友贺知章的老家，
李白让岑勋先他一步去往嵩山，自己在老友墓前与他喝酒聊天。

祭拜完贺知章后，李白赶到嵩山之上。好友已经设好宴席等待，但李白悲伤的情绪却还没有完全消散。

豪饮过半后，李白望向远处，
黄河就像是从天上倾泻而下流入海中，再也不见回来。

李白二十岁时认识元丹丘和岑勋，晃眼间竟已经过去这么久了，
久到身边有的朋友已经离去，久到头发都开始白了。

想到前半生如梦一般，晚上睡的时候还是满头青丝，梦醒后已经垂垂老矣。
李白正被时间易逝人易老的情绪困住时，小二的声音打断了他的思绪。

原来是存的酒钱不够了，也正是这一打断，李白从迷茫中醒来。现在的开心已经来之不易了，金钱算得了什么。

李白把衣服和缰绳往桌上一拍：“把我的五花马和上品狐裘都拿去换成酒端过来，继续喝不要停，今儿一个都别想跑。”

有才的人永不会被埋没，存在就有存在的理由，哪怕千两黄金散尽也会再回来。

端起酒杯告诉好友，不要让碰杯的手停下来，不要让杯子空下来，
我们正是最得意的时候，一定要尽情享受快乐。

当被人评说“没有什么大才可用”时，一般人可能会因此心情低落。
李白却从不会因为别人的眼光而轻易改变自己。

坚定自己，既有才华又自信，纵马畅饮，挥洒甚至有些“口无遮拦”的少年气。
无数个让人又爱又恨的性格才汇聚成了这一个“诗仙”李白。

少年，保持坚定与热爱，像李白那样永不畏拔剑，直指凌霄。

◆【唐朝年纪最小的官员】刘宴是唐朝有名的神童，他自小过目不忘，行事作风都跟大人一样，性格十分成熟。在他8岁那一年，唐玄宗就亲自册封他为太子正字，总管宫内书籍的编纂。

◆【唐代五花马为什么珍贵】五花马和贵族的骑乘三花马不同，五花马不仅数量少，而且要经过长时间的专门训练，基本上是无法量产的特殊存在。再加上这种马只用于高级宴饮的特殊场合之中，所以李白对它情有独钟，认为这种马很珍贵。

◆【唐代人与羊肉】唐代人偏爱吃羊肉，皇室还设有太仆寺，职责之一就是养羊。当时长安流行烧尾宴，58道菜中与羊肉有关的就有8道。

唐诗小店彩蛋

高适

姓　　名：高 适（高常侍）

籍　　贯：渤海蓨县（今河北景县）

生 卒 年：约 700 年—765 年

性格特征：豪爽正直、不拘小节

特　　长：边塞诗

职　　位：刑部侍郎、散骑常侍

名　　句：莫愁前路无知己，天下谁人不识君。

神 评 价：读罢高适的诗，一把鼻涕一把泪。

（《沧浪诗话》：“高岑之诗悲壮，读之使人感慨。”）

别董大二首

高适

其一

千里黄云白日曛(xūn)，北风吹雁雪纷纷。
莫愁前路无知己，天下谁人不识君？

其二

六翮(hé)飘飖(yáo)私自怜，一离京洛十余年。
丈夫贫贱应未足，今日相逢无酒钱。

“文能提笔安天下，武能上马定乾坤”，
能用这句话形容的那都不是一般人。

此人是谁呢？唐玄宗手下名臣高适。唯一的缺憾就是大器晚成了一些，
别人在这个年龄都退休了，他才正式上岗。

高适是一个军三代，祖父是初唐名将，戎马一生，去世后陪葬于乾陵。后来家道中落，到了高适这一代，就剩“军三代”这个标签了。

父亲病逝后，高适勇闯长安城，军三代加上文人傲骨，确实要比常人傲气一些。

可京城权贵们不买账，眼瞧着京城房价也高，也没人帮衬，
高适只能选择隐居，半工半读。

制科：一般是由皇帝下诏，科目、时间均不定，为选拔各种特殊人才的考试。

皇天不负有心人，他的努力终于被看见，
有幸参加皇帝钦点的制科考试……却不幸落榜。

接连碰壁，一般人早就另谋生路了，可堂堂名将之后怎么可能服输！
高适继续在寻求报国之路上奋勇向前。

伯牙：伯牙善弹奏，钟子期善与之相和，是一对千古传颂的知己至交。在钟子期病亡后，伯牙破琴绝弦，终身不再弹奏。

俞伯牙钟子期高山流水遇知音，在寻求报国之门的路途上，
高适就遇到了他的“伯牙”。

七弦琴：即古琴，中国传统乐器，有着三千年以上的历史，被选为世界非物质文化遗产。

胡笳：中国古代北方民族的一种乐器，形状似笛子。

都说七弦琴悠扬，在那个时候，
七弦琴乐曲并不受欢迎，反而是西域传来的胡笳更为出名。

高适与众不同，偏爱董庭兰弹的七弦琴。
董庭兰也因此觅得自己的“钟子期”。

要说高适生活清苦，董庭兰则有过之而无不及，即使得到了丞相房琯的欣赏，
成了房琯的门客，他依旧坚守自己的本心。

奈何这个时候皇帝需要一个“贪财”的董庭兰来定房琯的罪。

欲加之罪何患无辞，董庭兰区区乐师又怎能反抗，
高适和董庭兰也因此要分别。董庭兰为高适弹奏临别前的最后一曲，
曲风凛然，就如同他即将要去往的地方。

听此琴音，高适也想起自己到现在仍在寻求报国之路，
上下求索，便借自己来劝慰好友：不要害怕前路没有知音相伴，
才华无论在何方都不会被埋没。

两人这一分别就是数十年，再见面时都垂垂老矣。
高适完成了自己的梦想，可自己的好友依旧是一身清贫。

董庭兰并没有因为自己一身清贫有不甘之情，
而是笑着跟过去老友打趣，高适不禁感叹：
这才是大丈夫所为之事。

君子之交淡如水，但品味却悠长。

高适告诉我们，梦想不是挂在嘴边的，没有条件就努力创造条件。
即使倒地也要拍拍土爬起来，告诉路上的困难险阻，我不服输。

而董庭兰告诉我们，贫穷不代表丧失尊严，
只要坚守本心不动摇，就可以任尔东西南北风。

◆【唐朝的庙号为什么很普遍】在唐朝之前，一个王朝最多只能有七个皇帝有庙号，但谥号不限。到了唐朝，皇帝去世后的谥号变得冗长，反而是简短的庙号更容易被记住。

◆【唐朝婚姻自由】《唐律·户婚》规定：成年男女可以不经父母同意，自由结婚，但未成年的男女就要经过父母同意才能结婚。

◆【唐朝有名乐舞】《秦王破阵乐》是宫廷大型乐舞，也是李世民的赞歌；《六幺》是唐代传统舞蹈，为女子独舞。

塞上听吹笛

高适

雪净胡天牧马还，月明羌(qiāng)笛戍(shù)楼间。
借问梅花何处落，风吹一夜满关山。

狼烟：中国古代边疆发现敌情时点燃的烟火信号，虽然称之为狼烟，但并非狼粪点燃。

狼烟起，号角鸣，伴随着战马的铁蹄声，
胡人又一次进犯大唐疆土。

两军搏杀的刀光剑影中，一个两鬓斑白的
老者横空杀出——这便是高适。

胡人：中国古代对北方和西域民族人民的称呼，也泛指外国人。

眼看胡人就要撤退，高适骑上马就准备去追，唐玄宗却在这时来了一封天降邮件……

在此之前，胡人各部落勾结，多次挑衅大唐的边疆。

而且抢了东西就跑，边疆将士们气得摩拳擦掌。

所有人都准备好了，就等玄宗一声令下，
便让他们见识我们边防战士的血性。

在众人期待的目光中，高适打开邮件，
里面的内容却令他目瞪口呆。

和亲：中国古代统治者为达成某种政治目的和外族进行联姻。

信里这么说：“朕已经跟胡人部落商议，以和亲事宜握手言和。”

一车车和亲的物资，让胡人的小日子过得有滋有味。
我军将士缺衣少食，还要受他们的嘲笑。

感到失望的高适准备离开边疆，雪也慢慢融化了。

临别前，老兵们将高适围住，把这几年攒下来的书信都托付给他，让他有机会带给自己的亲人。

高适和朋友坐在戍楼之上，最后一次看着边塞景象，悠悠的落梅笛曲响起。

戍楼：中国古代边关驻守的瞭望楼。

眼前营帐中的点点星火，就像飘落的梅花一般。

雪花消融而落梅依旧，只要风来，
它们就铺满大唐的边疆，誓死坚守。

春风不度玉门关

听着落梅曲的朋友也有所感触，提笔写下：
“春风不度玉门关……”

◆【边塞诗在唐朝盛行的原因】首先，唐代诗人多乐观豪迈，以天下为己任，以戍卫边疆为荣。其次，隋唐科举制逐步完善，但录取人数非常少，所以很多文人考场失意，就远赴边塞渴望建功立业，正如杨炯所言“宁为百夫长，胜作一书生”。

◆【胡人乐器有哪些】从汉至唐，传入中原的胡人乐器有箜篌、琵琶、觱篥、胡角、胡笳、胡琴等。

◆【唐朝边疆政策】软政策包括和亲政策和“以夷制夷”政策等；硬政策包括建设军事作战基地，设立安西四镇和边防常驻将军等。

崔颢

姓　　名：崔颢
籍　　贯：汴州（今河南开封）
生 卒 年：？—754 年
性格特征：秉性耿直，才思敏捷
特　　长：作诗、饮酒
职　　位：扶沟县尉、太仆寺丞、监察御史、司勋员外郎
名　　句：晴川历历汉阳树，芳草萋萋鹦鹉洲。
神 评 价：崔哥你太牛了，我服！
（李白：“眼前有景道不得，崔颢题诗在上头。”）

黄鹤楼

崔颢

昔人已乘黄鹤去，此地空余黄鹤楼。
黄鹤一去不复返，白云千载空悠悠。
晴川历历汉阳树，芳草萋萋鹦鹉洲。
日暮乡关何处是？烟波江上使人愁。

博陵崔氏：中国汉朝至隋唐时期的著名大族，被誉为『天下士族之冠』，在唐代出有宰相十六人。

世家大族博陵崔氏子弟崔颢，二十岁进士及第名噪京城，少年英才一时风头无两。

本该是一路乘风破浪，但文人墨客却称其“有文无行”“诗词浮艳”。

七言律诗：指七字八句而又合乎律诗规范的诗歌，简称『七律』，是律诗的一种。

这样一个人，是如何作出唐人七律第一《黄鹤楼》这样的千古名篇的？

崔颢自幼聪明好学，才思敏捷，备受家人宠爱，一路成长几乎没有受过什么委屈。

也因此，崔颢的性情相当耿直，丝毫不随大流。
那时候的文人墨客，写国，写民，写景，写赠诗。

崔颢却偏好把视角放在闺中女子身上，所作大多为闺情诗。

部分文人墨客认为好男儿顶天立地，忧国忧民忧社稷，你这算什么？
碍于崔颢当时风头正旺，这些人不好发作。

李邕：唐代著名书法家，好结交名士。

文坛大家李邕听说崔颢少年英才，便邀请崔颢来家里作诗。
要是平常的达官贵人，崔颢肯定不太愿意，
可李邕这个人愿散尽钱财，救济有才之人。

杜甫、李白都为其作过诗，甚至在李白没钱的时候，
李邕还派人送上三千金救济，是当时文坛偶像级人物。

为这样的人赠诗，崔颢当然是欣然向往，怀着期盼的心来到了李邕府邸。李邕对他也很客气，言语中尽是对年轻人的勉励。

见气氛正好，崔颢拿出准备好的诗句："十五嫁王昌……"还没等他继续念下去，高台上的李邕勃然大怒。

之前那些瞧不上崔颢的人很快得此消息，铺天盖地的“诗词浮艳，品行不端”随即涌入本就备受打击的崔颢耳朵里。

在此之后，崔颢消沉了几年。
再有消息，已经是在边塞了，文风也已然大变。

边塞生活让崔颢渐渐放下了过往，
他切身感受到了“山势雄三辅，关门扼九州”的壮阔豪情。

在边塞多年，留下数作的崔颢想家了。
可现在他孑然一身，既无出彩的功名，也无丰厚的利禄。何以归家？

带着愁苦，崔颢告别了边塞去各地游历，
不知不觉来到了离家不远的黄鹤楼。
想到仙人骑黄鹤飞升再也不见归来的传说，不禁联想到了自己。

黄鹤楼：位于湖北省武汉市武昌区，地处蛇山之巅，濒临万里长江，是武汉市的地标建筑。

此时连黄鹤楼袅袅烟波的景色都化作了乡愁，
汇聚在这首名为《黄鹤楼》的诗中。

如果我们是那个时代的崔颢，我们会怎么选？
是在自己的身上，克服这个时代，还是在时代的身上，克服自己？

◆【古人为什么偏爱鹤】鹤是古代人最崇尚的动物之一，羽色素朴纯洁，体态飘逸雅致，鸣声嘹亮脱俗，《诗经·鹤鸣》中就有“鹤鸣于九皋，声闻于野……鹤鸣于九皋，声闻于天”的精彩描述。所以鹤在人们心中占有重要的一席，象征着高洁、清雅、美好和长寿。

◆【榫卯结构】榫卯是在两个木构件上采用的一种凹凸结合的连接方式。凸出部分叫榫（或榫头）；凹进部分叫卯（或榫眼、榫槽），榫和卯咬合，起到连接作用。这种结构方式使得建筑本身不但可以承受较大的荷载，而且允许产生一定的变形，减小地震的冲击。

◆【“大人”的用法】在唐朝，见到官员称呼“大人”万万不可，因为“大人”是用来称呼父亲的。所以唐朝的书籍中不会出现某某大人，对于官员的称呼通常是“姓+官职”或者“姓+公”。

杜甫

姓　　名：杜　甫（杜少陵、杜工部、杜拾遗、杜草堂、老杜、诗圣、“大杜”）

籍　　贯：巩县（今河南巩义西南）

生 卒 年：712 年—770 年

性格特征：积极的入世精神，勇敢、忠实；忧国忧民；乐于为他人扬善；勇于自我批评；敢于自我牺牲。

特　　长：读书、作诗、运动

职　　位：左拾遗、华州司功参军

名　　句：致君尧舜上，再使风俗淳。

神 评 价：老杜你竟然长生不老。

（鲁迅：“我总觉得陶潜站得稍稍远一点，李白站得稍稍高一点，这也是时代使然。杜甫似乎不是古人，就好像今天还活在我们堆里似的。”）

望岳

杜甫

岱宗夫如何？齐鲁青未了（liǎo）。
造化钟神秀，阴阳割昏晓。
荡胸生曾云，决眦（zì）入归鸟。
会当凌绝顶，一览众山小。

杜甫——伟大的现实主义诗人，小时候也是个调皮捣蛋的顽童。

杜家文武双重基因加持，小杜甫早上还与各老者知识对决，
下午就上树摘枣。

封禅大典：泰山封禅是历代帝王炫耀显赫业绩的政治大典，曾经让很多皇帝心驰神往。他们在泰山上铭功颂德、扬名显号，也因此给泰山留下了许多惊心动魄而又耐人寻味的故事。

因为太过优秀，十三岁的小杜甫还被邀请去“封禅大典”做宾客。

六年过去，在洛阳该学的也学完了，
有时候还把老者们气得吹胡子瞪眼，
枣树也被薅秃了，咋整呢？

黄金单身汉

杜甫游山玩水，一走就是四年，
这个时候已经是二十三岁的大龄单身无业男青年了。

他倒是不愁，可家里人急呀，一连修书十几封将贪玩的
杜甫叫回家参加科举考试。

会试：中国古代科举制度中的中央考试，因考试在春天举行，故又称为春试或春闱。

杜甫寻思那就考吧，前两场考试轻松过关，
没承想折在洛阳的会试上了。

再一看，上榜的人都是之前招摇送过礼的。

杜甫见此情景，撂下一篇“主考官水平不行”的诗后，甩甩袖子转身就走，出发漫游齐鲁。

杜甫一边做攻略一边前进，发现各大旅游攻略都指向泰山的方向。

杜甫这才发现，这一路看到最雄伟的山峦和高耸的山尖就是泰山，
也是小时候曾参加的“封禅大典”的终点站。

望着眼前大自然的杰作，一山劈开阴阳，
儿时的激情再一次被点燃。

胸中聚积的郁气被盘绕在山上的白云涤荡一空。

杜甫仿佛回到了小时候，
有着傲视一切的雄心壮志和永远向上的蓬勃朝气。

他对着眼前的高山喊道：
“我定要站在那最高的山峦之上，俯瞰群山！”

- 【中华五岳】五岳，中华传统文化中五大名山的总称。五岳分别是中岳嵩山（位于河南省登封市）、东岳泰山（位于山东省中部）、西岳华山（位于陕西省华阴市）、南岳衡山（位于湖南省衡阳市南岳区）、北岳恒山（位于山西省大同市浑源县）。

- 【齐鲁大地】齐鲁大地是指山东省，因山东省古为西周时姜子牙的封地齐国和周公姬旦封地鲁国的土地，所以叫齐鲁大地。

- 【中国历史上封禅泰山的皇帝有几位】中国历史上真正封禅泰山的只有6位皇帝，分别是秦始皇嬴政、汉武帝刘彻、汉光武帝刘秀、唐高宗李治、唐玄宗李隆基和宋真宗赵恒。

春望

杜甫

国破山河在，城春草木深。
感时花溅泪，恨别鸟惊心。
烽火连三月，家书抵万金。
白头搔更短，浑欲不胜簪。

四十四岁的杜甫真可谓是人形照相机，历史见证官。

安禄山起兵造反，长驱直入长安城，史称“安史之乱”。

杜甫眼看战火四起，带上家人跟着流民就往城外跑去。

杜甫这一路上看遍了妻离子散，家破人亡，
还有老太太被官兵们当壮丁抓走的荒唐场面。

逃离了战火，安顿好妻儿的杜甫，本来可以安稳地度过乱世。

可作为“小仓库管理员”的杜甫，依然揣上了他的钥匙，
奔赴前线的大本营。

杜甫这一路走到哪诗就写到哪，走了一半的路程，
就被叛军发现并关押进了长安城。

已经准备好慷慨赴死的杜甫，却什么也没等到就被关进了小房子。

如果杜甫自私一点，也就不会成为诗圣了。在被关押的地方，杜甫满心都是受苦受难的人们，急得来回走动。

长安已经彻底沦陷了，曾经繁华的都城里，
现在野草都比他还要高了。

不知是幻觉还是梦境，他仿佛看见了花儿在为这座城而哭泣。

这已经是失去家人消息的第八个月了，
不知道战火有没有殃及他们。

杜甫望着天上飞过的大雁，对着它们说：
“大雁先生，你要是能把家人写的信捎给我，我付出什么都是愿意的。”

忧愁的杜甫止不住地挠头，白发掉了一地。
本来乌黑浓密的头发，现在少得连簪子都已经插不上了。

为五斗米折腰：为了微薄的俸禄而弯腰行礼。比喻没有骨气。《晋书·陶潜传》：『吾不能为五斗米折腰，拳拳事乡里小人邪。』

“春望”何尝不是一种望春，盼春归，盼天下太平，
盼黎民百姓不再流离失所，盼文人墨客不再为五斗米折腰。

◆【安禄山的特长】安禄山是个名副其实的大胖子，体重足有300多斤。就算这样，他却非常擅长跳“胡旋舞”，动作速度很快，这使得他深受唐玄宗和杨贵妃的宠爱。

◆【骊山上的烽火台】中国历史上有一个烽火台下发生了一场政变，那就是周幽王烽火戏诸侯的烽火台，位于陕西省西安市临潼区的骊山之上。

◆【平乱名将】郭子仪是唐代中兴名将、政治家、军事家。他平定安史之乱，收复长安、洛阳，击败吐蕃、党项的入侵，立下不世之功。

蜀相

杜甫

丞相祠堂何处寻？锦官城外柏森森。
映阶碧草自春色，隔叶黄鹂空好音。
三顾频烦天下计，两朝开济老臣心。
出师未捷身先死，长使英雄泪满襟(jīn)。

出師表 諸葛孔明
先帝創業未半而中道崩
殂今天下三分益州疲弊
此誠危急存亡之秋也然
侍衛之臣不懈於內忠志
之士忘身於外者蓋追先

颠沛流离的前半生打卡结束，
接下来进入杜甫的田园生活志之初体验。

被叛军关押了近一年的杜甫，趁着两军对峙，
从长安逃了出来，回到安顿妻儿的地方。

严武：字季鹰。唐朝中期名将、诗人，中书侍郎严挺之的儿子。与杜甫为好友，常以诗歌唱和。

身无分文的一家人在朋友严武的帮助下，
在浣花溪畔，建了一栋茅草屋。

杜甫草堂：杜甫搬到成都时的所居。杜甫先后在此居住近四年，创作诗歌二百四十余首。

新房落地，高适送来了米面，邻居送来了生活必需品。
眼瞧着不怕挨饿受冻的好日子就要到来了！

杜甫却快乐不起来，见着家人们开心，
他只能悄悄走了出去。

国家和人民还在战火中飘摇，
杜甫总觉着无法心安理得地过安逸的生活。

杜甫想到了离这里不远的武侯祠，怀着落寞的心情，
前去拜访，却在树木和荒草中迷路了。

祠堂内外简直是两个小天地，一个杂草丛生，一个春意盎然，
见此场景想到自己，本来是散心，没想到……更难过了！

诸葛亮：字孔明，三国时期蜀汉丞相，是中国传统文化中忠臣与智者的代表人物。

杜甫抚着诸葛亮的塑像，
却见着塑像的眼睛似乎微微眨了眨……

匡扶汉室：帮助扶持汉朝的皇室，恢复汉朝统治。其中包含排除和纠正一切不利于汉室王朝统治的势力。东汉末年刘备以『匡扶汉室』『统一天下』为旗帜，号召天下人恢复刘家天下。

杜甫想到丞相生前最后一刻都在操持国事，
却没能等到胜利的消息，不禁哭湿了衣裳。

收拾好心情，杜甫回到自己的新家，望着眼前小草堂炊烟袅袅，
里面欢声笑语，脚步也轻快了几分。

房屋里面传来妻子的叫声：“杜郎！吃饭啦！”

◆【成都武侯祠】成都武侯祠不仅是祭祀诸葛亮的祠庙，也是祭祀刘备的汉昭烈庙，是全国唯一一座君臣合祀的祠庙。

◆【诸葛亮的生卒年】诸葛亮生于181年，卒于234年。东汉有一个和诸葛亮同年出生和同年去世的皇帝，那便是汉献帝刘协。

◆【中国历史上第一个和最后一个丞相分别是谁】中国历史上第一个丞相是秦朝的李斯；最后一个丞相是明朝的胡惟庸。

唐诗小店彩蛋

刘方平

姓　　名：刘方平

籍　　贯：洛阳（今属河南）

生 卒 年：不详

性格特征：生性自由、寄情山水

特　　长：作诗、山水画、拼颜值

职　　位：终身未仕

名　　句：今夜偏知春气暖，虫声新透绿窗纱。

神 评 价：诗在人才在。

（刘方平虽被“巨星”们的耀眼光芒遮挡了锋芒，但他用富有意味、清新典雅的诗词，让自己在青史上留下了淡淡的一笔。）

月夜

刘方平

更深月色半人家，
北斗阑（lán）干南斗斜。
今夜偏知春气暖，
虫声新透绿窗纱。

唐朝有一位称得上完美无瑕的人，俊美无双的长相，
颇为优越的家世，加上不俗的文采，此人便是刘方平。

刘方平的祖父和父亲都是朝廷命官，他这一生怎么看都应该走仕途。
但刘方平却是一个除了艺术之外得过且过的人。

家里人想让他走仕途，
刘方平倒也没拒绝，便走上了科举这条路。

等考到进士的时候，不幸落榜了。
刘方平不想在这个地方多挣扎，于是放弃了科考。

回到家里继续画着小画，写着小诗，闲来无事再逗逗鸟，
落榜并没有成为让他烦心的事。

家里人想了想，不走科举这条路也可以，那就去从军，慢慢也可以转成仕途。
刘方平就去从军，测验完后又因为身体不合格被刷了下来。

这当然也影响不了我们大艺术家刘方平的心情，
他继续约着三五好友去往山里饮酒作画题诗。

刘方平作诗虽然说不上豪情万丈，但绝对是独具特色。

因为他作得一手好画，所以他的诗在空间、明暗上画面感十足。
细细阅读又会觉得，一词一句都可以斟酌品味。

刘方平的个人魅力也让他有了很多志同道合的朋友，
他们也都是唐朝百科上赫赫有名的人物。

他们对刘方平的喜爱溢于言表，就连刘方平的画，都争相题诗。

与朋友们一起谈笑风生，甚至都感觉不到时间的流逝。
率性洒脱的刘方平，在偶然孤坐间也有所感怀。

热闹过后，世界回归寂静。
刘方平独自一人在房中躺下，正好能从窗户望到天上的星星。

月光洒下来，房中半明半暗，北斗星和南斗星也像没了力气一般斜挂着。

他脱下了厚厚的外袍，伸出手感受着窗外的温度，
原来天已经暖了起来。

“吱吱”的两声虫鸣忽地从窗外响起，他恍然意识到已经是春天了。

犹记得上一个春天，儿女承欢膝下，
时间像一块砂纸摩擦着他的记忆，记不起来已经有多久没回过家了。

和朋友待在一起当然有趣，但同时也不要忘记，
你的家人在等你。

◆【熊猫在唐朝时也是国宝】《旧唐书》有记载，熊猫在唐朝时被当作国礼送给了日本。公元685年，日本遣唐使来华，为表示友好，武则天（当时的皇帝是唐睿宗李旦，武则天实际掌权）送给了日本天武天皇两只熊猫，随同遣唐使一道返回日本。

◆【北斗七星】北斗七星是北半球天空的重要星象，由天枢（贪狼）、天璇（巨门）、天玑（禄存）、天权（文曲）、玉衡（廉贞）、开阳（武曲）、摇光（破军）七颗星组成，因北斗七星曲折如斗，故而得名。

◆【唐代唯一一个五世同堂的皇帝】唐玄宗李隆基在世78年，他的儿子肃宗李亨是在他27岁时生的，他42岁时孙子代宗李豫出生，他58岁时曾孙德宗李适出生，他77岁时玄孙顺宗李诵出生，可谓是五代同堂。

王维

姓　　名：王　维（王摩诘、摩诘居士、王右丞、诗佛）

籍　　贯：山西蒲州（今山西永济）

生 卒 年：701 年？—761 年

性格特征：天真浪漫，佛系

特　　长：打坐、画画、书法

职　　位：太乐丞、右拾遗、监察御史、给事中、太子中允、尚书右丞

名　　句：劝君更尽一杯酒，西出阳关无故人。

神 评 价：王维写诗就像在画画，画画就像在写诗。
（苏轼：“味摩诘之诗，诗中有画；观摩诘之画，画中有诗。”）

和(hè)贾舍人早朝大明宫之作

王维

绛帻(zé)鸡人报晓筹(chóu)，尚衣方进翠云裘。
九天阊(chāng)阖(hé)开宫殿，万国衣冠拜冕旒(liú)。
日色才临仙掌动，香烟欲傍衮(gǔn)龙浮。
朝罢须裁五色诏，佩声归到风池头。

大明宫：位于西安北侧，始建于唐太宗时期，占地面积约3.2平方千米。

新一届“大明宫杯”唐诗大赛很快就要开始了，
今年也是王维即将退休的一年。

除了想给自己的官场生涯画上一个漂亮的句点外，
王维也想跟自己的老朋友们再和一次诗。

然而这次的题目让王维犯了难——“当唐诗遇见大明宫”。

官员们每天都会来大明宫上朝，
可以说这里是他们再熟悉不过的地方。

可拿到题目时，王维才恍然觉得，
自己还从来没有好好看过这个来往了十几年的地方。

此时太阳正当头，王维拿起自己的画板就冲向了大明宫，
一直待到了晚上。

画了一天看了一天，废了无数张稿子，
王维摇了摇头：“不对，这不是最美的大明宫。”

乘兴而去，败兴而归，王维第二天出门上班都没有兴致，
蔫头耷脑的。

戴着醒目红色头巾的鸡人站在门内，
报晓的声音震得王维瞬间清醒。

皇帝朝服：平日议事皇帝一般穿一身黄色的龙袍。

王维转头看向大殿之上，掌供皇帝朝服的员工率先出列，
将一袭绣着金龙的外袍给皇帝披上。

随即皇帝大手一挥，
九重天门由内而外依次打开。

万国来朝：唐朝曾有众多国家一同前来朝拜的场面，称为万国来朝。

数不清的来使带着奇珍异宝从含元殿下缓步而入，
跪见朝拜的姿势颇为标准。

在御炉香烟的缭绕下，皇帝身上的龙仿佛要挣开束缚，飞腾而起。

见此场景，王维张大了眼睛，最美的大明宫，他已经找到了。

贾至：河南洛阳人，唐朝时期担任兵部侍郎、右散骑常侍等职。这首诗是在贾至作《早朝大明宫呈两省僚友》后，王维、岑参、杜甫作的和诗。

比赛当天，贾至、杜甫、岑参和王维几位老友都拿出自己满意的作品，共同绘制出大明宫最美的画卷。

◆【唐朝常用兵器】唐朝作为史上最强盛的封建王朝，军事实力强大，军队士兵配备陌刀、唐努、唐甲、胡禄、弓箭、马槊等。

◆【唐朝的早朝】在长安城的文武官员，五品以下九品以上的官员每月的初一跟十五上朝即可，至于五品以上的官员就要每天都上朝了。早朝是皇帝亲自主持的最高国务会议，早朝时间是六点半到八点半左右。

◆【大明宫到底有多大】大明宫是中国乃至世界历史上最雄伟的一座皇家宫殿群。大明宫占地3.2平方千米，相当于4.4个北京故宫、29.1个法国凡尔赛宫、11.6个俄罗斯克里姆林宫、1.62个法国卢浮宫、17.8个英国白金汉宫。

孟郊

姓　　名：孟 郊（贞曜先生、诗囚）

籍　　贯：湖州武康（今浙江德清）

生 卒 年：751 年—814 年

性格特征：生性孤僻，坚守儒家“古道”

特　　长：擅长苦吟诗，与贾岛并称“郊寒岛瘦”

职　　位：溧阳县尉、河南水陆转运从事

名　　句：春风得意马蹄疾，一日看尽长安花。

谁言寸草心，报得三春晖。

神 评 价：和韩愈比文词，实力相当。

（宋代欧阳修：“韩孟于文词，两雄力相当。”）

登科后

孟郊

wò chuò

昔日龌龊不足夸，今朝放荡思无涯。

春风得意马蹄疾，一日看尽长安花。

苏轼如此评价孟郊：“我憎孟郊诗，复作孟郊语。”

孟郊从小便有一颗从仕之心，青年时还一度隐居嵩山苦读。

可能是从未入世，孟郊性格孤僻，不善与人交际，
去周游也没能交到几个朋友。

干谒诗：古代文人为了求得达官贵人的援引推荐，写下的一展才华和抱负的诗。

三十一岁的孟郊，为当权者作干谒诗，希望能得到引荐，两次无果。

求荐无门的孟郊，想凭借考试一举夺魁，这次上天给他开了个门缝。

乡贡：两种解释，一个是没有经过统一的考试，而是通过州县推荐参加科举的士子；另一个是每年州府的一次统考，又称作乡试。

四十一岁的孟郊得中乡贡，快快乐乐地前往长安城参加科举考试。

二月放榜，孟郊并未得中。
不光如此，长安城的人情冷暖更是令他难以接受。

不过已经摸到科举门槛的孟郊不会就此放弃，
通过多方沟通，他将上天开的这道门缝越拉越大。

就差这考试的临门一脚了，然而伴随着风声，
门被重重拍在孟郊的脸上，他再一次落第。

数次失败的打击，让孟郊回到家中消沉了几年。
为了不辜负家人的期望，孟郊决定再考一次。

这次孟郊没有任何准备，没抱任何期望，
只想着考完试就继续回家陪伴家人。

放榜那天，孟郊睁大了眼睛仔细确认了三遍，
结结巴巴地说着：“我中了……”

之前的郁闷一扫而光，
守得云开见月明的孟郊感觉身边穿梭而过的春风都在为他大声鼓掌喝彩。

这是孟郊过得最得意的一天，
这一天他才真正感受到了长安城的繁华热闹。

后世有文人嫌弃孟郊太过喜形于色，
但同样的经历下，谁又敢说自己不会像孟郊一样呢？

◆【魁星】俗称文曲星，传说中司文章之神，为二十八宿之一，北斗的第一星。古代科举取士，首名称为“魁”，士人供奉魁星，以祈望功名。

◆【唐朝科举考试内容】唐朝科举的科目有秀才、明经、进士、俊士、明法、明字、明算等五十多种。其中明经、进士两科是唐代常科的主要科目，而进士科是最难的，一般由皇上策问，考生作答。需贯通五策，才能授予官职。

◆【状元】中国古代科举考试进士科第一名为状元。在唐朝时，举人赴京应礼部试，都须投状，因而称居首位者为状头。后来状头一词听着不雅，便改为状元。

游子吟

孟郊

慈母手中线，游子身上衣。
临行密密缝，意恐迟迟归。
谁言寸草心，报得三春晖(huī)。

“苦吟”诗人孟郊就像一只刺猬，
而《游子吟》就是他最柔软的肚皮。

河东裴氏：中国封建社会的一个才望兼隆的世家，唐代出自裴氏的宰相就有十七人。

孟郊的母亲是河东裴氏的千金，在小孟郊的眼中，那时候的母亲好看极了。

早饭后，母亲就来跟孟郊一起看书，
功课完成，两人会在院子里玩耍。

变故来得太快，孟郊十岁，父亲猝然离世，
剩母亲一人养育着三个孩子。

女红：女子所做针线、缝制、刺绣等技艺，统称为女红。

原本十指不沾阳春水的世家小姐，靠耕种刺绣养活家人，
手被针扎了一次又一次。

十七岁的孟郊也想出去干活帮补家计，却被母亲厉色喝止，
那是母亲发过最大的一次火。

唐朝照明工具：虽已有油灯和蜡烛，但依旧不是普通人家用得起的，普通人家多为柴火照明。

看到深夜母亲房中烛火长明，孟郊暗下决心，一定要金榜题名，让母亲过上好的生活，便前往嵩山隐居，苦读十载。

现实从未对孟郊好过，他不仅数次落第，还因久未入世不懂规矩，受到了四面八方的嘲笑，晃着晃着孟郊已经四十二岁了。

孟郊回到家中，还是那个破落的房子，漏风的屋顶，
母亲却已经满头白发身形佝偻。

四年后，看着郁郁不得志的孟郊，母亲鼓励他再考一次。
时间很快就到了临行前。

早上睁开眼，床头放着崭新厚实的衣物，针脚细密。
出房门吃饭，孟郊注意到了母亲藏起来的手上的针眼和疲惫的脸。

穿着母亲的爱，孟郊再一次踏上了科举之路。
这一次，孟郊没有辜负期望，终于榜上有名。

他心情激动，穿着母亲亲手缝制的衣服，
站在路边等待，要把母亲接到自己上班的地方。

太阳慢慢露出了脸，早春的草芽也在茁壮成长，
母亲弓着腰走路愈发缓慢。

想到当初的母亲，孟郊突然泣不成声，
他这晚来的寸草之心如何报答得了母亲的三春阳光呢？

骑鹤学唐诗

◆ 【唐人的孝道】唐代统治者推崇孝道治国，无论是在科举考试还是文化艺术上，都体现着唐朝对于孝道的重视，而“老吾老以及人之老，幼吾幼以及人之幼”自古便是儒家孝道的典范。

◆ 【皇帝亲手写的《孝经》】《石台孝经》，唐玄宗李隆基作序、注解并书，太子李亨（唐肃宗）篆额，镌于唐玄宗天宝四年（745年）。碑文隶书，十八行，行五十五字，书法工整，丰腴华丽，结体庄严恢弘。《石台孝经》现藏于西安碑林博物馆。

◆ 【中华二十四孝中唯一的一个皇帝】汉文帝刘恒生母是薄太后，在薄太后病重期间，刘恒天天为母亲煎药，每次煎完，自己总先尝一尝，看看汤药苦不苦、烫不烫，自己觉得差不多了，才给母亲喝，这就是著名的“亲尝汤药”的典故。

韩愈

姓　　名：韩　愈（昌黎先生、韩吏部、韩昌黎、韩文公）

籍　　贯：河南河阳（今河南孟州南）

生 卒 年：768年—824年

性格特征：开朗豁达、以天下为己任、直言勇毅

特　　长：文学、哲学、诗歌

职　　位：监察御史、中书舍人、吏部侍郎

名　　句：师者，所以传道授业解惑也。

神 评 价：“唐宋八大家之首”不是浪得虚名。

（清代曾国藩：“韩公如神龙万变，无所不可。”）

春雪

韩愈

新年都未有芳华，二月初惊见草芽。
白雪却嫌春色晚，故穿庭树作飞花。

韩愈，被奉为唐宋八大家之首，愿意用生命去撞碎南墙的“轴”人。

三次科举落第，三次词科考试失败，三次给宰相上书未得回复，对常人来说，每一个打击都是足以让人丧失意志的。

博学宏词科：考取进士后，为解决有才能的人还没有达到规定的资格、无法进行分配的问题，便有了由吏部官员主导的词科考。

然而这些失败都在韩愈可怕的“执着”中，一一破防。
他的“可怕”还远不止于此……

明知古文在考试中不吃香，他却坚持用古文参加考试，
第四次才遇见了喜欢古文的考官。

古文运动：一场提倡行文自由无拘束的古文，反对格律排列严格、辞藻华丽的骈文的文学运动。

刚当上小小的观察推官，
韩愈便举起复兴古文的旗帜，对抗当时大热的骈文。

韩愈用心指导青年学文，
凭一己之力复兴即将没落的儒学，扭转不重视老师的社会风气。

京兆尹：当时管理长安及其附近地区的官员，相当于首都市长。监察御史：负责巡视各地，监察官员，纠正刑狱等监察类工作，正八品下。

好不容易升到了监察御史，面对隐瞒关中旱灾的京兆尹李实，
韩愈一纸《论天旱人饥状》告了上去，自己反被陷害贬职。

一年后韩愈被赦，终于任职到河南县令，
却发现四藩镇蓄养士兵，窝藏逃犯。

韩愈的眼里可没有什么吸取教训，
只要是正确之道，他便绝对能一条道走到底。

韩愈再次准备上报，
留守官员一想到此人连京兆尹都敢告，立即安排停手。

当时的宰相也注意到了这个名叫韩愈的人，
将他调任为史馆修撰。

时值新年，韩愈倚靠在庭院柱子上，望着光秃秃的树木，
想着自己还未完成的理想，心情急切。

此时，廊下冒出的小草芽却给了韩愈一股莫名的惊喜和勇气。

飞雪也感受到了韩愈的心境，
不畏消融，飞舞在院落的树木之间。

飞花一般，提前迎接二月春风的到来。

◆【南墙】中国建筑中大门外用来遮蔽视线的墙壁。不撞南墙不回头，比喻一条路走到黑，从不转弯。

◆【唐宋八大家】又称为“唐宋散文八大家”，是唐代和宋代八位散文家的合称，分别为唐代韩愈（唐宋八大家之首）、柳宗元和宋代欧阳修、苏洵、苏轼、苏辙、王安石、曾巩。

◆【唐朝春节放假几天】唐玄宗李隆基时期颁布《假宁令》，里面规定了春节放假七天，这一规定一直沿用至今。

左迁至蓝关示侄孙湘

韩　愈

封朝(zhāo)奏九重天，夕贬潮州路八千。

为圣明除弊事，肯将衰朽惜残年！

横秦岭家何在？雪拥蓝关马不前。

汝(rǔ)远来应有意，好收吾骨瘴(zhàng)江边。

蓝关：又称峣关，是关中平原到南阳盆地的交通要隘。

即使知道侄孙预言自己“雪拥蓝关马不前”，
韩愈依然做出了同样的选择。

佛教：世界三大宗教之一，由释迦牟尼创立于古印度，后广泛传播于亚洲乃至世界各地。

唐朝时期佛教兴起，更是在唐宪宗的鼓吹下，热度空前，
引得时人一度疯魔。

唐宪宗动用了大量的人力物力，从法门寺将佛骨迎到长安城。

各王公贵族为了迎合皇帝喜好，
不惜压榨百姓为寺庙捐赠。

视死如归

看到这个情况，在佛骨落地当天，
韩愈一纸谏书呈到天子面前。

《论佛骨表》：韩愈向皇帝呈递的谏书，主要表达『佛不足事』，反对迷信的中心思想。

但行好事，莫问前程，韩愈的谏书内容字字珠玑，
一点退路也没有给自己留。

唐宪宗看到这封谏书气得胡子都飞起来了，
大怒着要把韩愈抓起来砍头。

韩愈一心为国，有一口气都说不完的功绩，从宰相
到皇亲国戚都出来劝阻唐宪宗。

左迁：指降低官职，当时有贵右贱左的说法，所以贬职为左迁。

唐宪宗只能将原定的判决改为左迁潮州刺史。

当初给叔祖父做预言的侄孙韩湘赶来相送，
路上他问韩愈：“叔祖父为什么明知结果还要去做？”

听到此话，韩愈悲哭：“能为圣上和百姓减除一些害人的事情，
牺牲我这把老骨头又算得了什么！”

大雪也想挽留韩愈的脚步，在前方积聚。
马儿站在原地驻足不前，韩愈转头看向来时的方向。

浮云横向拦截终南山的道路，韩湘似有所感应，
对韩愈说：“叔祖父，此行已无回头路。”

听到韩湘的话，韩愈好似放下了什么：“你还是什么都知道，
才如此远道而来，正好在潮州的江边替我收殓遗骨。”

听到韩愈的话，韩湘只是微微摇了摇头，
他知道叔祖父的命运不会止步于此。

果然，韩愈话里的“收殓尸骨”并没有发生。
到达潮州的韩愈，在当地兴学育才，
为民众做了许多好事，在潮州千古留名后成功回京。

韩湘子：中国民间传说的八仙之一，师傅是吕洞宾，不好读书，只好饮酒，相传其学道成仙。

而侄孙韩湘，民间传说此人其实便是八仙过海中的韩湘子。

◆【唐玄宗为什么叫唐明皇】清朝时期，因为清康熙帝姓名为爱新觉罗·玄烨，为了避讳，多称唐玄宗为唐明皇。

◆【为何“左迁”是贬官，“右迁”是升官】古人尊右卑左，因为人都有左右手，右手很方便，左手不方便，所以古人认为“右”可以表示帮助、顺利，而“左”表示反对、不助。正是因为这样，古人还用“相左”来表示意见不同、观点不一致等。

◆【华胥氏的由来】华胥氏故里位于陕西省西安市蓝田县华胥镇。华胥是中国上古时期华胥国的女首领，她是伏羲和女娲的母亲、炎帝和黄帝的直系远祖，被誉称为“人祖”，是中华文明的本源和母体。我们经常提到的“中华”与此有关。

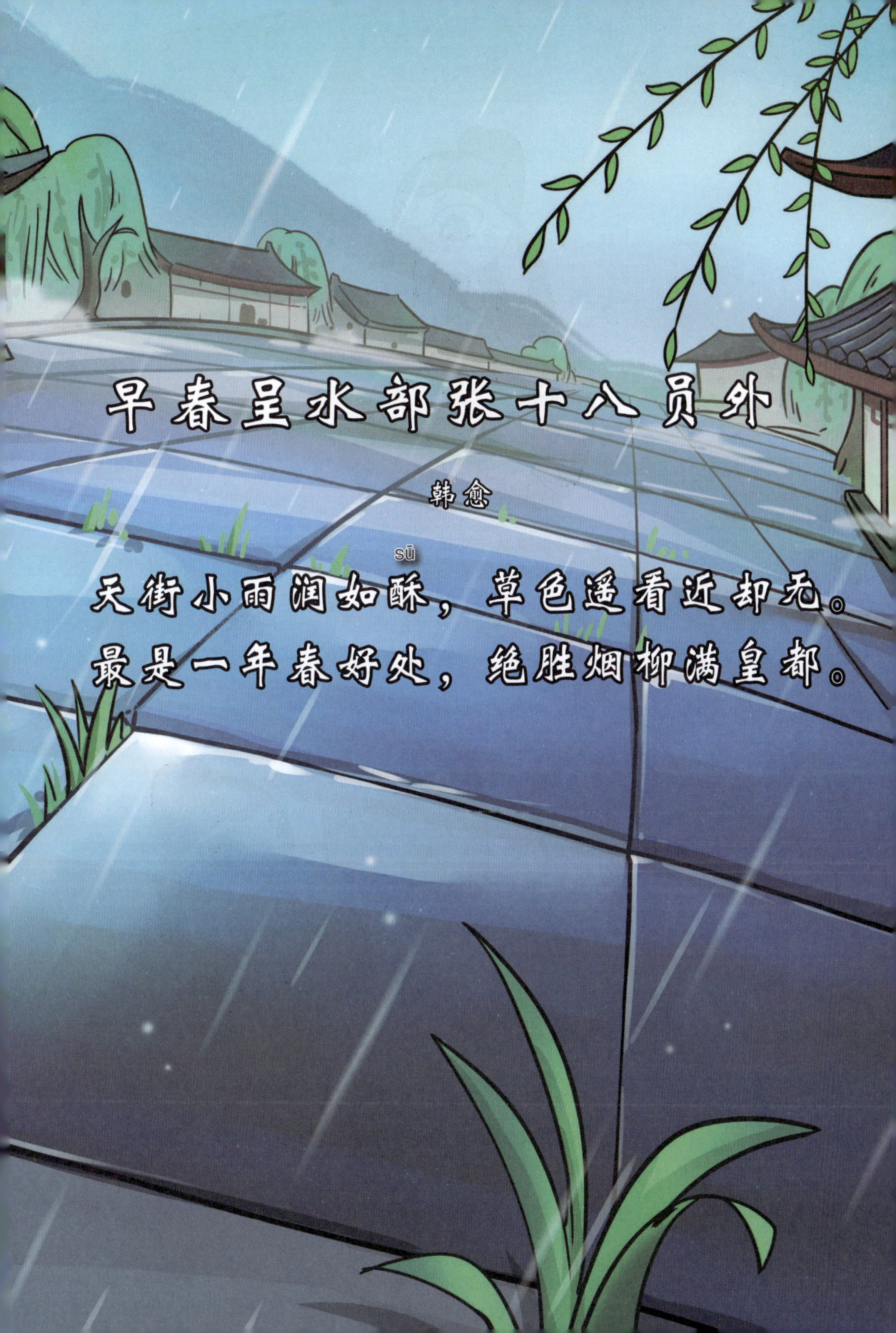

早春呈水部张十八员外

韩愈

天街小雨润如酥（sū），草色遥看近却无。
最是一年春好处，绝胜烟柳满皇都。

别人对于叛军都是镇压、对抗、铲除，韩愈不需要——
机智的大脑能顶千军万马。

凭借超凡的口才，韩愈硬生生说服了叛军，
悄无声息地平息了一场战争。

也正是此役，韩愈由忙碌的兵部侍郎调任为吏部侍郎。

张籍：即水部张十八员外，唐代诗人，曾任水部员外郎。

人逢喜事精神爽，
此刻韩愈特别想找老朋友张籍出门游玩，分享喜悦。

下人来到张籍的房门口上报，
谁知他一听到“韩公”二字，便瞬间露出拒绝的神色。

回想起上次踏青，张籍总觉得年迈的自己跟这世界
格格不入，连忙令下人婉拒了韩愈。

听到回复，韩愈思考片刻，
决心用外面的美景鼓励老朋友走出房间，拥抱世界。

于是他独自走上踏青之路。恰好下着蒙蒙细雨，从脸上拂过如酥油一般，
温润细腻，更给韩愈的心情添上一丝清凉快意。

天街：指隋唐京师长安城的中轴线，即现在的朱雀大街。据最新考古实测推算，朱雀大街的实际宽度为127米。

能并驾三十二辆马车的朱雀大街，行人都神色匆匆，
只有韩愈一人蹲在路边。

他正在找自己远远看见的那抹草芽的踪迹，却遍寻不获，
只好记下来，准备一会跟张籍一起找。

雨中的垂柳、打湿的屋檐和若隐若现的小草，
在韩愈的眼中显得那么可爱。

满心期待的韩愈再一次去往朋友家，此时的张籍还是不乐意。
不想扫老朋友的兴，张籍只好说出自己失去少年逐春兴致的心里话。

韩愈没有反驳自己的老朋友，
而是手舞足蹈地讲述自己一路看到的景色和老骥伏枥的故事。

老骥伏枥：完整句为『老骥伏枥，志在千里』。年迈的骏马即使卧在马槽无力行动，依然有奔腾千里的志向。

张籍听罢久久没有反应，
韩愈以为又要没戏的时候，他却站起了身。

韩愈风一样拉着张籍冲出府中，
感受着春天微风的张籍嘴角不自觉上扬了起来。

两人坐在水边感叹，
小草的隐隐招手真是远胜于暮春的绿柳满城啊！

◆ 【韩愈迷信丹药】韩愈在50岁之后为了保养身体，开始服用丹药。虽然刚开始稍具功效，但久而久之，仍不免对身体造成负担和伤害。

◆ 【唐朝人吃不到炒菜】唐朝最常用的烹饪方法就四种，煮、蒸、烤、炖，还没有煎、炒的烹饪做法。

◆ 【中国古代最宽的马路】朱雀大街（天街）是中国古代最宽的马路。1300多年前，朱雀大街是唐长安城的南北向主干线，是当时世界上最宽的马路。

白居易

姓　　名：白居易（诗王、诗魔、白二十二）

籍　　贯：山西太原

生 卒 年：772 年—846 年

性格特征：积极强硬、耿介不屈、安时顺命

特　　长：诗歌、酿酒、藏书

职　　位：翰林学士、江州司马、杭州刺史、太子少傅、刑部尚书

名　　句：在天愿做比翼鸟，在地愿为连理枝。

神 评 价：这不比我的和珅香？

（清乾隆皇帝认为白居易“实具经世之才”，并认为官员应以白居易的诗“救烦无若静，补拙莫如勤”作为座右铭。）

赋得古原草送别

白居易

离离原上草，一岁一枯荣。
野火烧不尽，春风吹又生。
远芳侵古道，晴翠接荒城。
又送王孙去，萋萋满别情。

长安城街头巷尾，书生打扮的人神情激动，议论纷纷，
隐隐约约能听见：“野火烧不尽……”

田承嗣之乱：大历十年（775年），藩镇田承嗣蓄养私兵举兵作乱，面对大军攻打，联合藩镇李正己多次周旋，上表请罪后拒不入朝，反复数次直至病逝。

白居易原本家住河南，小时候发生动乱，战火燎原，
他便跟随家里人逃往南方避乱。

南方太平日子也没几天，又奔波别处，
那段时间可以用“居无定所”来形容。

这种境况下，白居易的学习愣是一天没落下，他自己形容是：
白天作赋，晚上看书，时不时抽空写首小诗。

百分之九十九的努力再加上百分之九十九的天赋，神童就这样降世了。

家中代代为官，白居易也有这样的一腔抱负。
十六岁的他，孤身来到长安，准备参加科举考试。

乐游原：位于西安东南二环以外，现在的曲江池一带，是河流侵蚀而成的梁状高地。

在这陌生的地方，他交到了一个朋友，每隔几天就一起驱车，
来到一览长安的乐游原上吟诗作赋。

考试前夕，友人家中突生变故，要去往很荒凉的地方，
白居易是来跟他道别的。

再次相伴乐游原上，脚下是初春新发的野草，
友人努力表现出豁达，可神情中的不确定还是出卖了他。

野草冬去春来，一年一循环，蛰伏于地下，烈火烧灼依然同风而起。
借着野草，白居易作诗送别友人。

白居易相信，来年春风起时，
长安的绿草定会铺至友人在的地方，接他回家。

此后，白居易带着自己为友人写的诗，上门拜访当时的著名诗人顾况。

顾况还没来得及看诗，先被白居易的名字吸引了，
打趣道，长安城物价高，居住不易呀。

野火烧不尽，春风吹又生：烈火焚烧只烧掉了枯萎的草叶，没有烧掉草的根部，第二年春天，留下的草籽发芽，还会长出新的草。

谁知打开手上的诗，看到“野火烧不尽……”立马改口，
能写出此等诗句，长安大门敞开迎接。

顾况也是惜才之人，拿着这首诗四处推荐，
白居易迅速火遍了街头巷尾。

同年，白居易一举夺魁，
踏上了他三登科第、一帆风顺的仕途之旅。

◆【白居易在日本名气完胜李杜】白居易的诗歌一度盛行于日本宫廷。为了提高对《白氏文集》的研读水平，数代天皇都举行过研究白诗的相关讲座，导致皇室整体都亲近白居易诗歌，集体沦为铁杆粉丝。这种风气也自上而下、蔓延至民间。

◆【唐人怎么喝茶】唐朝初期的茶水不像现在的茶水，里面会添加葱、姜、胡椒、大枣、薄荷等作料。后来，“茶圣”陆羽提出了不一样的煮茶方法，大受上流社会的欢迎。

◆【唐朝送别习俗】多在清晨或傍晚，送别地点多在水边渡口或长亭处，送别方式也很多样，有折柳相赠、饮酒作别、以诗赠别等。

观刈(yì)麦

白居易

田家少闲月，五月人倍忙。
夜来南风起，小麦覆(fù)陇(lǒng)黄。
妇姑荷(hè)箪(dān)食，童稚(zhì)携壶浆，
相随饷(xiǎng)田去，丁壮在南冈。
足蒸暑土气，背灼炎天光，
力尽不知热，但惜夏日长。
复有贫妇人，抱子在其旁，
右手秉遗穗，左臂悬敝筐。
听其相顾言，闻者为悲伤。
家田输税尽，拾此充饥肠。
今我何功德，曾不事农桑。
吏禄(lù)三百石(dàn)，岁晏有余粮。
念此私自愧，尽日不能忘。

初夏的太阳刺得皮肤生疼，午时刚过，
在屋檐遮蔽下睡个午觉再好不过。

躺在床上的白居易翻来覆去睡不着，
总还能回想起前两天收税的那户人家。

家里孩子还在嘬着手，茫然地看着颓丧的父母，
屋外家中全部的粮食却已经被装上车，准备拉走了。

麦子的成熟周期和收割时间：我国古代，大部分地区都以冬小麦为主，农历八月至九月，都是种植冬小麦的时期。五月后进入夏季，暴雨频发，为防止麦子被雨水浸泡影响收成，农民们只得快速收割。

这个月是农民们最忙的时候，白居易来到田里，
黄灿灿的麦穗圆润饱满，每家每户老老少少都在田间忙活。

女人扛着扁担，里面装着一天的饭食，
孩子提着刚从井里打上来的清水。

麦子收割后的处理过程：准备农具（镰刀）；打造麦场（小麦脱粒）；手工收割；拉入麦场晾晒；碾压脱粒；秸秆和麦粒分离（草叉）；清除碎尘（扬尘）；装袋入户。

远处的男人们在烈日下收割着小麦，
看起来有些扭曲模糊，背上的汗被烤得蒸腾出丝丝白雾，
光脚踩在发烫的土地上。

县尉：在唐代是县级政府较为重要的官职，其职责主要包括维护治安、抓捕案犯、征收赋税。

看到县尉站在一边，没有人敢上前搭话，
只有提着水壶的小孩递给了白居易一碗水。

母亲发现了，将孩子拉到身后，对着县尉磕头道歉，
白居易赶忙让眼下的女人起来。

田埂边出现了一个眼熟的身影，是那天去收税的人家中的女人，
男人不知帮谁家做活去了。

只有枯瘦的女人和孩子出现在这里，
孩子被宽宽的粗布环绕着绑在女人的胸前，脸上红红的。

女人唯唯诺诺地弯腰拾起地上遗落的麦穗，
扔到左臂悬着的竹条都快散架的破筐里，每次弯腰都像要起不来的样子。

白居易闭了闭眼睛，默默转身往回走，
背后的烈日像一道道扎人的目光刺着他。

等在大门口的小吏远远看见了白居易的身影，
兴高采烈地带他去看发下来的工资。

并没有小吏想的兴高采烈，白居易长叹一声，
将自己关到了房间里，久久没有露面。

月黑风高夜，一人身穿夜行衣，看上去身手相当一般，
来到一处院墙外，往里扔下一个麻袋，转身离去。

◆【白居易任过最高的官职】太子少傅，即太子的老师，品级为从二品。

◆【唐朝的国球】马球是唐朝的国球。豪放的大唐人酷爱马球，上到皇帝和王公贵族，如唐太宗、唐中宗、唐玄宗都是马球高手；下到神策军兵将，个个都是马球高手。男人爱打马球，女子也丝毫不逊色。那时的马球动辄是一场百人以上的男女同场竞技，另外还有专业的女子马球队。

◆【宫市】唐朝时内廷派专人主持，到京城市场上直接采购宫内日常所需，称为宫市。后来便有宦官肆意压价、强取豪夺。他们在京城市场上强买货物，用百钱买值数千钱的物品，还强迫卖家把物品送到宫中，甚至索要搬运费和进奉门户钱。

暮江吟

白居易

一道残阳铺水中，半江瑟瑟半江红。
可怜九月初三夜，露似真珠月似弓。

儒家讲中庸之道，白居易将其运用到了归隐上，形成“中隐”之道。

这中隐之道的完成则跟他的好友武元衡有着密不可分的关系。

武元衡是朝野公认的大唐第一美男子，
不仅如此，他也是才干过人的宰相。

原本白居易和武元衡二人惺惺相惜，经常相约作诗，
直到一个人的出现……

她便是大唐才女薛涛，白居易、武元衡以及众才子都为薛涛送上自己最满意的书信，却只有武元衡收到了回信。

对自己的才华颇有信心的白居易，胜负心瞬间就被点燃。薛涛的小信箱俨然成了两人比拼才气的战场。

藩镇割据：唐朝中后期设立藩镇节度使，藩镇将领拥兵自重，在各个方面不受中央管控，与中央割据。

这个事情并未持续多久，武元衡因为坚定铲除藩镇割据，
被头目李师道派人刺死在了上早朝的路上。

武元衡之死：武元衡坚定反对藩镇割据、支持平叛，唐宪宗联合武元衡削藩，命武元衡带着军队剿灭叛军，节度使李师道听此消息，买通了刺客准备杀掉皇上的左膀右臂，在上朝的路上刺杀武元衡和裴度。裴度逃过一劫，武元衡则死于此难。

令白居易想不到的是，宰相之死朝野静默，
怒不可遏的他立即上表要求彻查。

越职言事：超越了自己的职责权力对政事进行评论的罪名。

唐宪宗以“越职言事”的罪名将他贬至江州，而后落井下石的人越来越多，白居易“兼济天下”的理想被击了个粉碎。

辗转间白居易也想通了，兼济天下不如独善其身，他自请远调杭州刺史。

“曾不事农桑”的他无法做到小隐和大隐，便以闲职为隐，
既保证温饱，又能远离朝堂。

去往杭州之后，白居易的心情放松了许多。傍晚站在田野上，
秋天的落日不似夏天那般夺目，也不比冬天那般冷清。

如画一般铺在江水中，而这幅画在秋风的波动中将太阳分成了两半，
一半江水犹如碧色珍宝，一半则艳红如火。

坐在江边许久，身上竟有些寒意，起身想走时，
一轮弯月如满力的弓弦一般，照着草地上的露珠。

此刻白居易的眼中，
九月初三的夜晚竟比那时的才女还要迷人，令他久久不愿挪步。

白居易不知道的是，最终赢得才女芳心的，
是那时他们都未放在眼里的好友元稹……

◆【樱桃口、小蛮腰】这两个词最初是用来形容唐代大诗人白居易的两个家姬，唐朝孟启所著的《本事诗·事感》中记载：“白尚书（白居易）姬人樊素善歌，妓人小蛮善舞，尝为诗曰：樱桃樊素口，杨柳小蛮腰。”

◆【唐朝女性地位】唐王朝内部出现了女性担任的官职，女性可以穿男装，还可以自由出入各种场所。而且唐代女性婚姻也很自由，据史料记载，唐代有20多位公主一嫁再嫁，二婚率颇高。

◆【杨贵妃有多胖】杨贵妃是中国历史上公认的四大美女之一，她身材丰韵适中，皮肤白皙，丹凤眼，樱桃小口，小巧的鼻头，粗黑的眉毛。历史学家根据历史资料推测，杨贵妃的身高在164—168厘米之间，体重大概65公斤，如果按照这样的身高体重来计算的话，她也就微胖而已。

崔护

姓　　名：崔　护

籍　　贯：蓝田（今属陕西）

生 卒 年：？—831 年

性格特征：清高孤傲

特　　长：作诗

职　　位：京兆尹、御史大夫、岭南节度使

名　　句：人面不知何处去，桃花依旧笑春风。

神 评 价：崔护写诗也讲求工匠精神。

（沈括在《梦溪笔谈》中评论他的诗是“诗人以诗主人物，故虽小诗，莫不埏蹂极工而后已，所谓旬锻月炼者，信非虚言”。）

题都城南庄

崔护

去年今日此门中，人面桃花相映红。

人面不知何处去，桃花依旧笑春风。

进士及第：科举最高一级的考试为殿试，取得殿试前三名的赐予『进士及第』的称号。

崔护拿着进士及第的录取通知书，坐在小舍门前的桃树下，头上落满了飘摇而下的花瓣。

他从身后背包中掏出笔墨，在门口的墙上写着什么……

一年前，别人二十岁举进士，及第；
崔护二十岁举进士，不第。

作为博陵崔氏子弟，家中兄弟都颇有建树，令崔护倍感压力。

坐在小河边，崔护一个人消化没考上的郁闷，
远处的桃花林内升起袅袅青烟。

两壶酒下肚，崔护觉着口渴难耐，望见远处的青烟，
便想去讨口水喝。

崔护在门口转悠了半天，还是没有鼓起敲门的勇气。
正准备离去，院墙头突然冒出一个人，吓了崔护一跳。

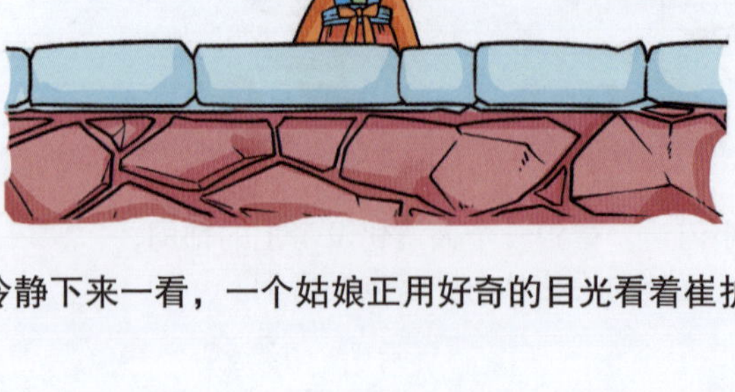

冷静下来一看，一个姑娘正用好奇的目光看着崔护。

还没等姑娘开口，崔护先慌张地解释道：
“我不是坏人，只是想讨口水喝。”

姑娘让崔护等一下，便从墙头递了一杯水下来，
对崔护说：“你看着好像不太开心。”

崔护愣了一下，这样一句忽然的关心，让他有些无措。
回过神的崔护，将这段时间的不快都说了出来。

姑娘看着崔护，笑盈盈地说：
“相信你，明年一定会中！”

崔护抬头看着姑娘的笑颜如院中盛开的桃花一般，
不自觉也笑了起来。

和姑娘道别后，回到家的崔护总会回想起那时的场景。

一年后，崔护再次来到这个地方，满心期待地看向墙头，
却只剩招摇的桃花还在对着他频频招手……

◆【郊游盛行】长安有“游春热”，无论平民还是官员都喜欢在春天去城外郊游，皇帝还会有“春踏青、夏避暑、秋渔猎、冬围猎”的出游计划。

◆【唐代公务员有多难】唐朝官员的日常考勤非常严格，据史料记载，基层官员旷工一天打20板子，旷工25天打100大板，旷工35天直接判刑一年。

◆【唐朝的外卖】唐朝时，家丁去饭店点餐，店家会亲自送到府上。当时长安城最大、最长久的外卖业务就是全国科举士子考中进士的喜宴。

杜牧

姓　　名：杜　牧（小杜、杜樊川、杜十三）

籍　　贯：京兆万年（今陕西西安）

生 卒 年：803年—853年

性格特征：性刚直，不拘小节，不屑逢迎，乐观豁达

特　　长：作诗、饮酒

职　　位：淮南节度使掌书记、监察御史、宣州团练判官、殿中侍御史、湖州刺史

名　　句：东风不与周郎便，铜雀春深锁二乔。

神 评 价：晚唐诗海里的清流。

（明代杨慎：“诗豪而艳、宕而丽，于律诗中特寓拗峭，以矫时弊。”）

山行

杜牧

远上寒山石径斜，白云生处有人家。
停车坐爱枫林晚，霜叶红于二月花。

晚唐：安史之乱使得唐王朝逐渐走向没落，皇帝越发没有实权，藩镇割据日益瓦解着唐朝最后的气数，从裘甫起义到灭亡的时代称为晚唐。

杜牧数得上晚唐最乐观的小太阳，
“年少有为还不自卑”讲的可能就是杜牧了。

唐王朝在这个时期逐渐走向没落，群臣人人自危，
生怕一个不小心就被官场的暗流吞噬。

宦官专权：宦臣获得一部分君主的权力，擅自干预朝政，就可能会形成宦官的权力大于皇权的局面。

牛李党争：唐朝后期以牛僧孺为领袖的牛党和以李德裕为领袖的李党之间的争斗。

藩镇割据、宦官专权、牛李党争……
每一个隐患都埋藏在长安的暗流之中等待爆发。

《孙子兵法》：孙武所作中国现存最早的兵书，也是世界最早的军事著作。

杜牧凭借着十三岁注解《孙子兵法》，二十三岁写出《阿房宫赋》，
二十五岁研究藩镇问题的解决方法，受到多方关注。

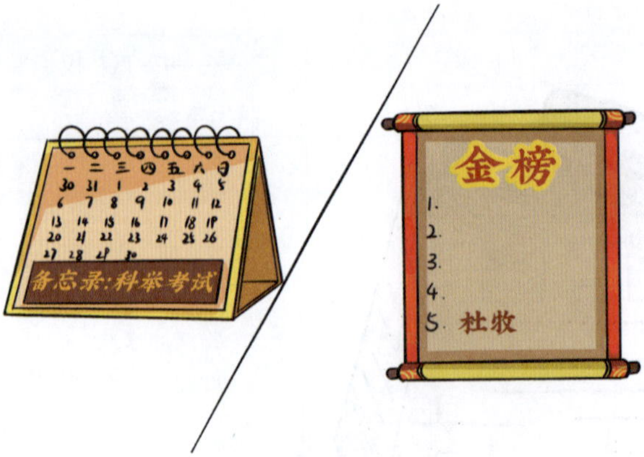

少年英才，名满京城，二十六岁的杜牧还未参加科举考试，名字就已经上了内定名单。

皇上看了也觉得这个小文人有点意思，
眼下各个官员不是想着结党营私，就是想着逃避官场。

现在有一个小青年对唐朝的未来仍抱有如此大的希望，
真不愧是宰相之后。

杜牧以文人身份出道，却把国家军事、政治、官员贪腐方面的问题看得透彻，还能提出自己的见解。

不仅如此，积极热情的杜牧，看待万事万物都有自己独特的视角。

别人看秋是落叶萧瑟，一片衰败。
在杜牧的眼里，却是火红的枫叶更胜于二月的百花。

此时正值牛李党争严重的时候，
杜牧走在又窄又斜的盘山路上，奔赴下一个上任之地。

坐在马车上感受着大山的险峻，被铺满碎石的盘山路摇晃得东倒西歪，
杜牧竟觉得颇有几分乐趣。

远处的白云在山顶变幻着形态，车夫说是个仙女，
杜牧却觉得像一户炊烟袅袅的人家。

路过红叶满地的枫林，杜牧挥手叫停马车。
眼下的美景值得停下来好好欣赏。

即便前途一片未知，小太阳也不会充满忧虑，全当作是一场郊游。

◆ 【杜牧在长安城南有别墅】诗人杜牧祖居长安安仁坊，后来搬到了长兴坊等地。杜牧在长安城南樊川一带还有一处别墅。

◆ 【在唐朝吃猪肉会被歧视】唐朝上层阶级是不吃猪肉的，羊肉最受欢迎。这种饮食习惯到宋朝时被“吃货”大文豪苏东坡改变了，他发明了一道“东坡肉”，让上层人士甘愿品尝猪肉的味道。

◆ 【以胖为美】唐朝人审美中的胖只是那种丰满富态的胖而已，看看从唐流传下来的古画，当时女性都是体态丰腴，但并无臃肿的感觉。

李商隐

姓　　名：李商隐（小李、李义山）

籍　　贯：怀州河内（今河南沁阳）

生 卒 年：813年—858年

性格特征：敏感多情、多愁善感、清高

特　　长：诗歌、骈文

职　　位：秘书省校书郎、县尉、东川节度使判官

名　　句：身无彩凤双飞翼，心有灵犀一点通。

神 评 价：今生无缘，来世我们再做父子吧。

（白居易：“我死后，得为尔儿足矣。”）

蓬莱

无题

李商隐

相见时难别亦难，东风无力百花残。
春蚕到死丝方尽，蜡炬成灰泪始干。
晓镜但愁云鬓改，夜吟应觉月光寒。
蓬山此去无多路，青鸟殷勤为探看。

曾经有两条路摆在李商隐的面前，一条通往功成名就，
一条通往茫然未知，而他最终选择将坦途敲了个粉碎……

小时候的李商隐聪明可爱，懂事伶俐，
检校兵部尚书令狐楚对他喜爱有加，亲自教他写字、作文。

检校：唐中前期在官职前加检校意为代理此官职，可以行使此官职的权力，在唐中后期均为散官或加官，主要表达受恩宠。

令狐楚：唐朝一位政绩显赫的官员，经常与刘禹锡、白居易等人作诗唱和。

令狐楚还让儿子令狐绹一定要跟李商隐成为好朋友，
俨然一副要把李商隐当成左膀右臂来培养的意思。

李商隐屡试不第，没关系，令狐楚把路给他铺平，他只需要往前走。

李商隐没有工作，没关系，
在山南西道当“军区司令”的令狐楚，邀他给自己当参谋。

令狐楚甚至还在临终时将起草好的最后一份奏章交给李商隐去完成，
用自己最后的威望，为这个从小看到大的孩子铺路。

当时正处于牛李党争时期，令狐楚一脉属于牛党的核心成员。

可能是遇见了那个心爱的姑娘，可能是想法不合，
李商隐并没有按照恩师的意愿行事。

在恩师去世后，李商隐转头来到亲近李党的王茂元府上当了幕僚，还成为他的女婿。

授官考试：考中进士后，官职的分配还要由吏部主持的考试来决定，此次考试俗称「关试」。

李商隐此举被视为背叛，令很多人都看不惯，连授官考试的复试都被除名。

然而王茂元对自己的女婿丝毫没有提携之意，
婚后的李商隐过得更加清苦。

王茂元离世后，当初的好友令狐绹于心不忍，给了李商隐一条出路。
李商隐却再一次选择接下李党抛下的橄榄枝……

没几年李党失势，靠山倒台，李商隐彻底孤立无援，穷困潦倒。
曾经的好友，如今见一面也成了难事。

想当年恩师油尽灯枯依然为了他的前途铺路，儿时的悉心教导，
青年的声声勉励，一幕幕画面如丝般连接。

看看现在镜中的自己，已是两鬓斑白，
就如同暮春的东风和凋谢的百花，又能以何面目去见当初的好友呢？

手中写信的笔突然掉落在纸上，一轮圆月如芒在背，
握过笔的手仿佛被清冷的月光封冻一般。

青鸟：一种体形较小的青蓝色小鸟。在古代神话传说中，是为西王母取食传信的青鸟，共三只，故也称为『三青鸟』。

远远的三青鸟乘着月光向李商隐飞来，叼走了手中的信，
飞向恩师所在的蓬莱仙境。

清晨，李商隐醒了过来，看见桌子上写好的一首无题诗，
寻人将这首诗送往令狐绹的府邸。

◆【青鸟】三足的神鸟，是传说中西王母的使者。人间既不能相见，唯望在蓬莱仙山可以再见，但是蓬莱无路，只有靠青鸟传信。

◆【日本菜代表作也来源于中国】日本人对生鱼片的热爱是从唐朝传过去的，现在赣南一些客家人聚居地都有吃生鱼片的传统，这种传统或可追溯到唐代。唐朝人把生鱼片叫鱼鲙，不管什么样的鱼都喜欢片成薄片，蘸着蒜、豆豉等生吃。

◆【无题诗】无题并不指诗名而是诗的一个类别，之所以用“无题”，是因为作者不便于或不想直接用题目来显露诗歌的主旨。

夜雨寄北

李商隐

君问归期未有期，巴山夜雨涨秋池。
何当共剪西窗烛，却话巴山夜雨时。

小破屋旁的一座孤坟前，一个两鬓斑白的清瘦身影自斟自酌。
下方的火盆缓缓吞噬着一张纸，只隐约看到“夜雨寄”三个字。

初相识，是来自王茂元的一场邀约。
那时候恩师刚去不久，出于牛李党派站队的关系，李商隐本想婉拒。

韩瞻：李商隐的故交和连襟，其子韩偓为『南安四贤』之一。

好友韩瞻的再度邀约，才令李商隐意识到，
韩瞻的夫人正是王茂元的大女儿。

盛情难却，李商隐来到了王茂元府上。
都是文人墨客，好友再度见面免不了切磋几番。

李商隐疯狂输出自己的知识库，典故诗句层出不穷，
韩瞻很快就招架不住了。

本以为胜负已分，不料旁边忽然传来一声女子的笑声，
直言李商隐的典故用得不对。

李商隐回过头，只见韩瞻夫人身后跟着一个面若荷花的小姑娘，
更重要的是她说对了。

见李商隐因自己的打断而惜败，
小姑娘不好意思地把自己偷偷藏起来的糕点塞给他，以表歉意。

交谈后才得知，小姑娘正是王茂元的小女儿王晏媄，
而她的身影已经刻印在李商隐的心上。

李商隐应了王茂元的邀请成为他的幕僚，
并迎娶了王家小女儿王晏媄。

日子虽然清贫，但琴瑟和鸣、诗词相对，倒也娴静美好。
然而李商隐却渐渐不满足于当下的日子。

巴蜀：指中国西南四川盆地周围地区。

离开家乡，在宦海中漂泊浮沉，不知不觉已经好几年没回过家了，
滞留巴蜀的李商隐接到了一封来自妻子询问归期的家书。

回想起每次出门回家，他都会带回各种稀奇古怪的小玩意儿，
再给她讲述一路的志怪奇闻。

然而大雨连绵，山路已无法行进。
李商隐望着窗外连绵不断的雨滴，写下回信。

剪烛：剪掉多余的烛心，使蜡烛维持明亮。也意为和亲人、友人、爱人促膝夜谈。

阴冷潮湿的环境令李商隐心绪杂乱，
想飞回家里和妻子共剪西窗下的红烛，给她讲述这一路发生的事情。

只可惜这一切想法只能埋藏在巴山夜雨之下了。

李商隐不知道的是，在他寄出这封信的时候，王晏媄已因重病撒手人寰了。

几个月后，回到家的李商隐只看到一个孤坟潦草地堆在家门前。

从此无人与他剪红烛，无人与他话巴山。

◆【李商隐的坎坷】李商隐的才情得到当时众多官员的赏识，但在仕途上备受打压，无人提携。其主要原因是陷入了牛李党争的政治旋涡。

◆【秦巴山中的古栈道】秦巴山是大巴山和秦岭的统称，是我国南北方的分界线，也是黄河水系和长江水系的分界线。因地形险要，在大山之中为了便于通行，古代先民修建了多处栈道，其中比较著名的有褒斜、故道、傥骆、子午、荔枝、文川、金牛、米仓、阴平等。

◆【唐朝人怎么称呼爷爷】今天我们把父亲的父亲叫作爷爷，但唐朝人称为“阿翁”“大父”或者“翁翁”。

锦瑟

李商隐

锦瑟无端五十弦，一弦一柱思华年。
庄生晓梦迷蝴蝶，望帝春心托杜鹃。
沧海月明珠有泪，蓝田日暖玉生烟。
此情可待成追忆，只是当时已惘然。

瑟：中国传统弦乐器之一，形状与古琴相似，有二十五根弦，而最早的瑟有五十根弦，粗细各不相同。

《锦瑟》，一首写给李商隐生命中出现过的万事万物的曲子。

李商隐坐在锦瑟前，拨动第一根弦，这是他一生中最快乐的时光。

十岁的他，衣食无忧，好友相伴，恩师相随，乐声再起，连绵不绝。

二十岁，他认识了自己想要相伴一生的姑娘，并与她结为了夫妻。

三十岁，在宦海浮沉的他一次又一次选择坚持自己的理想，
不想却辜负了恩师所托。

四十岁，在仕途漂浮中错过了和妻子的最后一面，
从此阴阳两隔，不复相见。

五十岁，孤身一人，衰朽残年，好像什么都有了，
又好像什么都没有过。

五十弦弹罢，李商隐茫然地呆坐许久，
恍然间一幕幕画面闪过，竟不知此生是对是错。

曾经向往的，是像庄周梦中化身的那只蝴蝶一样，
自由自在、无拘无束。

庄周梦蝶：庄周是战国时期著名的哲学家、文学家以及道家学派代表人物。庄周梦蝶，不知是庄周做梦变成了蝴蝶，还是蝴蝶做梦变成了庄周，是主观唯心主义思想。

望帝化鹃：望帝是传说中的古蜀国国王，他严以律己宽以待人，带领蜀地人民走向了衣食无忧的生活，死后还化作杜鹃鸟提醒人们播种的时节。还有一种说法，望帝让位给鳖灵后被构陷，只能化作杜鹃日日啼血。

可自己却像望帝一般，当很多事情身不由己的时候，只能化作杜鹃夜夜啼哭。

李商隐眼前浮现出一幅画面：月光清冷，大海茫茫，鲛人不断流下眼泪，化作一颗颗珍珠，告别岸边挥手的渔夫。

紫玉：中国古代神话传说中，春秋时吴王夫差的小女儿紫玉和韩重相遇相知，紫玉因为没能嫁给韩重郁郁而亡。韩重求学回来，前往墓前哀悼，突然紫玉出现在韩重面前，赠与他明珠后，化成青烟消失了。

他想念那时偷偷给他塞糕点的小姑娘了。乐音未断，却有些颤抖，李商隐期盼着妻子何时能像紫玉一样，再次出现在自己的眼前。

李商隐不明白的是，那些美好的回忆，为什么自己这个时候才追忆不已？

乐声戛然而止，李商隐举起身后的剑，
将弦尽数斩断，仿佛想要斩断他不甘的心。

他又颤着手，拉起一根根琴弦想要接起来，
一如年轻时左右摇摆的他。

◆【晚唐困局的三个主要原因】藩镇割据、宦官专权、牛李党争。

◆【蓝田玉的历史有多早】早在万年以前的石器时代，蓝田玉就被先民开采利用。春秋、秦汉时蓝田玉雕开始在贵族阶层和上层社会流行，唐时达到鼎盛。

◆【黄巢起义】乾符五年（878年）至中和四年（884年）由黄巢领导的民变，是王仙芝起义的后续，也是唐末民变中历时最久、影响最深远的一场农民起义。黄巢之乱导致唐末国力大衰。